五行塔外观图

———————— 阅读之前 没有真相

午 夜 文 库

五行塔事件

时晨 著

新 星 出 版 社　NEW STAR PRESS

目录

1　濒死的女人

41　缄默之碁

69　绞首魔奇谭

101　维纳斯的丧钟

129　J的悲剧

173　五行塔事件

濒死的女人 ————

地狱的风景

(摘自《神秘探索》杂志第239期作者：郭泰麟教授)

过去这些年，我遇到了无数经历过"濒死体验"的人们。我和他们交谈，把他们的故事编辑成册，以《濒死体验典型案例》为名出版，至今已有十年。在这十年里，我几乎把所有的时间和精力，花在了研究人类死亡之后何去何从的问题上。从一开始被人嘲笑，直至如今小有成就，我所面对的困境恐怕是大多数人无法理解的。至今为止，我手上大约有三百多个关于该现象的案例。面对这样庞大的材料，我严格挑选其中一百多起我认为可信的案例发表。尽管受访者有着不同的宗教信仰和社会教育背景，可是他们的说法却非常类似。这更让我坚信我的研究是有意义的。

特别是在1976年，唐山大地震使24万人死亡，16万人重伤，并且诱发了集体灵魂离体的事件。近半数的濒死生还者有灵魂和意识脱离躯体的感受，三分之一的人有通过隧道的奇特感受。"灵魂出壳"和"隧道体验"是濒死体验中经常被人提到的现象。几乎所有有此体验的生还者都会描述说，灵魂离开躯体之后，在某一种光源的指引下，通过隧道并把自己一生所经历过的事件，如同电影一般在眼前一幕幕放映出来。这些经历是难以从神经生理学的角度解释的，因为患者经历濒死体验时已经算临床意义上的完全死亡，心跳和呼吸均已停止，脑电波消失，大脑组织完全处于不活动状态。假如思维意识是由脑神经活动产生，那么患者在临床死亡的状态下，如何能有独立于身体并且清醒有序的意识活动呢？

所以，我完全无法接受幻觉这一说法。有时候，过于相信科学也是一种迷信。在唐山大地震幸存者的濒死体验调查中，虽只获得81例有效的调查数据，却是目前世界濒死体验研究史上采集样本最多的一次。这次的调查结果与世界其他国家学者的调查惊人地相似。

在世界各地，有许多科学家和我从事着同样的工作，其中最著名的，莫过于美国的"濒死体验之父"雷蒙德·穆迪教授，他的著作《死后的世界》对我影响颇大，不得不提的还有弗吉尼亚医学中心的布鲁斯·葛雷森医生，他编辑的《濒死体验学报》发刊长达15年之久，是该主题理性研究的发源地。可以说，世界各地的学者们都已经行动起来，"濒死体验"这一现象已引起了学界的重视。

遗憾的是，尽管大部分有此体验的人可以大致诉说他们身上发生的一些情况，却都太过模棱两可。可喜的是，我在上周遇到了一位患者，她对体验的记忆相当完整，所讲述的内容也是我闻所未闻的。在我手上大部分案例中，体验都在光源引导他们穿过隧道之后戛然而止，他们或被抢救回来，或失去了意识，直到在医院的病床上悠悠醒转。而这位名叫吴茜的女士，她却完整地回忆起了在"另一个世界"发生的一切，细节都描述得清清楚楚。要知道，她可是被临床宣布死亡四十分钟之久的人。12月5日22时40分许，在上海浦东新区的栖山路罗山路发生了一起车辆相撞的交通事故。事故造成一人死亡，一人重伤。吴女士送抵医院时，已经被宣布死亡半个小时了。但医院在家属的坚持下，没有放弃抢救，他们运用一种叫作"LUCAS2"的高科技压缩机维持吴女士的大脑血液供应，同时通过手术疏通心脏动脉，并用电击恢复她的心跳。在被宣告临床死亡四十分钟后，吴女士恢复了意识。

醒来后的吴女士不停向家属述说一些奇怪的故事，也就是她的濒死体验。家属认为吴女士可能因为缺氧时间过长，大脑受到了严重的损害，便向医生请求帮助。所幸吴女士的主治大夫林浩医师是我的同窗旧友，便把她的情况告诉了我。得知这个消息后，我立刻动身前去平凉路综合医院，亲自聆听了吴女士的"地狱故事"，并用录音笔做了记录。她所说的故事相当完整，前后逻辑关系明确，完全不像头脑受到损害的样子。这实在令人惊喜！现在，我将把我和她的对话，完整地展现在诸位读者面前，孰是孰非，自有公论。

（以下用郭、吴来代替郭泰麟教授和吴茜女士）

郭：你好，吴茜小姐。我能坐这儿吗？

吴：当然可以。

郭：你知道我是做什么研究的，是不是？我这次来的目的，相信林医师也和你说过了吧？

吴：是的。昨天我读了你的书，我非常敬佩你的研究方向。

郭：好，那我就开门见山了。我听说了你的故事，你有过一段不同寻常的体验，被临床宣布死亡四十分钟后，你竟然奇迹般地活了过来。要知道，在医学上，大脑缺氧八分钟就会死亡。你能活下来，真是不可思议！

吴：我想这应该是神的旨意吧。我命不该绝。

郭：喔？那你现在还是无神论者吗？据我所知，你在这次事故之前，一直是唯物主义者。

吴：说来可笑，之前我确实相信人死如灯灭。可是……可是现在不同了。对，我相信有神，我也相信人死后，会有另外一个世界。

郭：我希望能听一下你的经历，越详细越好。你不介意我录音吧？

吴：不介意。

郭：好，那我们就开始吧。

吴：那天是星期五，我记得自己正开车在栖山路上行驶。迎面驶来一辆奥迪A4，是逆向行驶的。当时我的车速是一百二十公里，根本来不及思考，就把方向盘往右打了。谁知撞上了另一车道的大众帕萨特。那一瞬间，天旋地转，然后我就失去知觉了。

郭：你是什么时候恢复知觉的？

吴：具体我说不上来，但我可以告诉你，我能看见他们在抢救我。我在上方，俯视自己的身体，看到身体躺在汽车残骸里，像脱线的木偶，双腿扭曲变形，血流满地。我身边有许多医护人员，我看着他们把我的身躯搬上担架，塞进救护车。

郭：你有没有想过和他们对话？

吴：那时，我完全没有求生的欲望和想法，浑身被一种宁静、平和的感觉包围着。没有痛苦，从来没有如此轻松自在过。我记得心里浮现出一个念头：我难道就这样死了吗？我终于解脱了。

郭：有没有害怕？或者有其他人来和你说话？

吴：不害怕，我很平静，心里没有波澜。我听到像是来自远方的铃铛声，宛如在风中荡漾。忽然有声音问我，准备好了吗？我不知道该如何回答，那个声音的主人并没有形体，或者说有，只是我看不见。那种感觉非常奇怪，我是在一个虚空里和那个没有形体的人谈话。我告诉他我准备好了，他就让我跟着他。

郭：有没有通过隧道，或者是一种被快速拉扯着穿越某种黑暗空间的感觉？

吴：确实，我飞快地穿过一个阴暗的空间，速度非常之快，你可以把它比喻成一条隧道，但在我看来，它更像一座桥。

郭：桥?周围是黑漆漆的吗?桥下面是什么?

吴：可能是一条河，或者其他什么，我不确定。我闻到了腐烂的气味，令人作呕，我问那个为我引路的人，这里是什么，是哪里?他并不回答我。他只是领着我，用非常快的速度穿过了桥，也可以说渡过了一条散发着腐臭味的河。

郭：河里面有人吗?

吴：我没有看清，河边好像有很多花，猩红色的花。

郭：然后呢?（通常在这个时候，濒死体验都会结束，患者会恢复意识。）

吴：我看见了一个人，是有形体的。一个站在幽冥空间里的老太太，递给我一个碗，让我喝下去。我很害怕，不想喝这个东西。况且我感觉自己的身体是没有形体的，但很奇怪，接过碗的时候，我的手就出现了。这种感觉很难形容。

郭：难道是孟婆汤?真的有这种事?

吴：我拒绝了她，我不想喝。但是她非常生气，认为我不遵守这里的规矩。刚才的指引者也非常愤怒。我把碗丢在了地上，那碗摔在地上之后，碎片划伤了我的拇指。喏，你看，就是这个伤口。（吴茜举起手，给我看了她的右手拇指，伤口很深。我询问过她的主治大夫和身边的护士，吴茜被送进急救室的时候，拇指并没有受伤。）

郭：真是不可思议。

吴：指引者带我离开了那儿，去到另一个空间。我们经过了一条路，路的两边都是恶鬼，它们对着我喊叫、呻吟，像是受着无尽的煎熬，我非常害怕。通过那条路后，指引者把我带进了一个小方格里。小方格的内部非常黑，什么都看不见。他把我丢在了那儿，自己却消失了。无论我怎么喊叫，都没人答应我。我绝望极了。

郭：然后发生了什么？

吴：忽然出现了一个黑色的东西，像是一头野兽，总之非常恐怖。他从一边蹿到另一边，速度非常快，我以为它的目标是我，可是我错了！

郭：它的目标是什么？

吴：是另一个人，或者说是个女人，别问我怎么会知道的，我就是知道。野兽追逐着那个没有形体的女人，或者可以说是一个女人的灵。它凶狠地扑向她，毫不留情地用爪子扎进她的身体，我甚至能听见她的尖叫。

郭：她是没有形体的，野兽怎么可能抓到她呢？

吴：我不知道，我不知道。我觉得我会是下一个受害者，但野兽杀死那个女人后，并没有理会我，而是消失了。又过了一会儿，我感觉自己身体周围出现了很多水。我意识到他们想用水淹我。水在我身边流动，忽然有一个声音，说了一句我听不懂的话，四周猛地出现许多小鬼，号叫着开始脱我的衣服。

郭：你不是说自己没有形体吗？为什么会有衣服？

吴：就是这种感觉，我知道它们在脱我的衣服，但我确实是没有形体的。我看不见自己的身体，但能感觉到它们在做什么。为什么这样肯定，我自己也说不上来。就在这个时候，忽然有个声音在我耳边说，你应该回去。我想，是的，我该回去。然后身体像被抽空一样，瞬间到了病房。

郭：你醒了过来？

吴：不，我没有醒。我感觉自己像是一朵云，飘浮在病房里。我俯视自己，看到穿着蓝白条纹病服的自己，我试图回到身体里，可怎么也办不到，直到发生了一点意外。我感觉自己的意识开始消散，我想这下糟了，我真的要消失了。

郭：意识消失？

吴：怎么说呢，我很难形容，打个比方，就像把一粒药片丢进热水中。它不会立刻溶解，而是慢慢地消散在水中，我的意识就像那粒药片，慢慢地在空间中稀释，直到什么都没有。然后我就醒了，醒来后发现，我在我自己的身体里。我能控制我的手和脚，不再是没有形体的了，我有了身体。

郭：你醒了过来？发现有什么不同？

吴：一切知觉都恢复了，和昏迷之前没有不同。穿着蓝白条纹的病服，手脚都被石膏固定住了。刚醒的时候浑身很痛，之后我才知道，身上多处地方都骨折了。

以上就是我对吴女士的访谈实录。

对于吴女士的叙述，我坚信不疑。她没有任何说谎的理由，这对她自己也没有好处。人们会认为她是一个疯子，对她敬而远之，但她还是决定把这一切说出来，为了追求真理。再次，我对吴女士表示最崇高的敬意。她用她灵魂的眼睛，为我们描述了地狱的风景，这种经历，我相信今后还会有，但能像吴女士这样站出来发声的却没有几个。

这次的案例，可以说是我国濒死研究领域的瑰宝。

濒死体验的研究，我还会继续。今后，我还会发表更多的相关文章。我希望越来越多的科学家和哲学家能够投入到这个令人震惊的神秘领域。当然，或许你读完我这篇文章，还是对我的研究嗤之以鼻。我没有什么可抱怨的，十多年前，我的反应和你是一样的。我只是希望读者能够放下狭隘的偏见，用理性客观的眼光来看待濒死体验的研究。

或许在这个世界之外，还有另一个世界也未可知呢！

1

"陈燨,你相信人有灵魂吗?"

面对我突如其来的问题,躺在沙发上看书的陈燨显得有些茫然。不得已,我又重复了一遍刚才的问题。陈燨挠了挠后脑勺,思考了片刻,才回道:"或许这么说会令你失望,可是,人类如果有灵魂,那很多事会讲不通。所以我认为没有。"作为一个数学教授,陈燨对这些怪力乱神的事情,一向避而不谈。偶尔被我逼问到不行,也都是含糊其词,敷衍了事。他应该是个真正的无神论者吧。

我失望道:"你真是一点浪漫情怀都没有!我倒认为,人死后会到达另一个地方,和死去的亲人团聚。对了,你知道灵魂离体的濒死体验吧?"

陈燨合上书本,对我笑道:"知道啊,不过我是不相信的。其实心脏骤停之后大脑也是具有较高活跃性的,人们在垂死边缘,推动大脑意识达到一个较高的觉醒状态,引发濒死体验相关的视觉和知觉。这就是所谓的濒死体验。这是一种物理反应,而不是精神反应。"

这个解释显然没有让我满意,我继续问道:"你的意思是这种灵魂离体体验是大脑自我调节的结果吧?"

"不一定是大脑,也可能是对危险期病患投以治疗的药物所致。"陈燨把书随手丢到沙发上,拿起茶几上的咖啡杯,"比如氯胺酮(Ketamine)或者环己酮(Cyclo-hexanone)是静脉注射的麻醉剂,其副作用类似于出现脱离身体的幻觉,所以这类药物被冠之'解离型'

麻醉药的称号，使用之后，患者不仅痛觉全无，就连身体部位都会出现'解离'现象。怎么样？这样的解释可以消除你内心的疑惑了吧？"

无论什么事，陈燔似乎总能找出答案，然后用一种不容置疑的口气来说教。说实话，我非常不喜欢他这样的个性。

我拿出新买的《神秘探索》杂志，放到他面前，说道："那如果有人见到了地狱呢？"

听我这么一说，陈燔微微皱起了眉，反问道："你说什么？"

"有个女人，在车祸之后出现了濒死体验，灵魂出窍，跟随指引者来到了地狱。怎么样，这种情况难道也是你所谓药剂所致的幻觉吗？如果是使用了麻醉剂，为什么记忆会如此清晰呢？如果你不相信，可以看一下这篇文章。"我把杂志翻至刊登郭泰麟教授写的《地狱的风景》那一页。陈燔接过杂志，开始认真读了起来。

趁这个空隙，我先为读者简单介绍一下我和陈燔。

我的名字叫韩晋，今年三十岁，是一个普通的历史老师，由于经济上遇到了困难，所以求助于陈燔，和他合租在思南路上的一栋洋房里。说起来，这栋洋房其实是凶宅，发生过杀人事件。它原来不是陈燔的房产，是他在美国教书时认识的一位朋友的。陈燔胆子颇大，对这种事也不放心上，心安理得地住了下来。他朋友也不要他房租，就当他是免费看管房产的管理员。

而陈燔这个人更是有意思，他小我两岁，原本是美国某知名大学的数学系教授，因为一些个人原因，被校方开除，从此远离学术界。回国之后，曾协助上海警方破获了几起杀人事件，受到市局刑侦队长宋伯雄的赏识，偶尔会得到一些咨询费。现在想起来，第一次见识到陈燔非凡的推理能力，是解决今年夏天发生在上海郊区的"黑曜馆杀人事件"的时候。他以干净利落的逻辑推理，破解了二十年前的谋杀案，令现场所有人都深深折服。

陈燔把手上这本杂志翻来覆去读了好几遍，大约过了十分钟，他才缓缓抬起头。

"韩晋，你去把上海地图给我拿来。"

"你要地图做什么？"我丈二和尚摸不着头脑。

"别废话，快点拿来。"陈燔目不转睛地看着杂志，嘴上催促道。

他的表情非常严肃，不像是在和我开玩笑。

我立刻起身，跑上二楼取来地图，然后递给聚精会神看着杂志的陈燔。明明在讨论濒死体验的事，突然要地图做什么？陈燔经常会做这些莫名其妙的举动，熟悉他的人也见怪不怪了。他摊开地图，移动指尖，像在地图上寻找什么。突然，手指的动作停顿下来。我顺着他所指的地方看去，是栖山路和罗山路的交界点。

这不是吴茜出车祸的地点吗？为什么陈燔要寻找这个地址呢？

正当我打算开口询问，陈燔却抢先开口了："韩晋，我还得麻烦你一件事。"

"什么？"我问道。

"最近的报纸，大约从十二月五日至今所有的社会版新闻，都整理出来。"他刚说完，又从牛仔裤口袋中取出手机，拨了一串号码，然后对着电话说道："喂，宋伯雄队长在吗？我是陈燔，我想麻烦他办个事。好，他回来你替我转告他，事情是这样的……"之后他压低声音交谈，我完全听不见他在说什么。

我把他要的报纸整理完毕，堆到他面前。见他如此忙碌地寻找着什么，我实在按捺不住好奇心，问道："怎么了？可以告诉我吗？"

陈燔没有理会我，在一堆报纸里寻找着什么。

"我说……"

"你上网查一下,近日上海市区内有没有报道发现女人的尸体?而且是全裸的女尸,死亡时间应该有好几天了。"

"什么?尸体?"我瞪大双眼看着陈燨。

"是啊,你还磨蹭什么,快去查啊!"

"好,好,我这就去!"

带着满肚子的疑惑,我跑上自己的卧室,打开电脑,开始登陆各大新闻网站查找起来。为什么要找尸体呢?陈燨怎么会知道有人被杀了呢?这一切实在太奇怪了!可是即便我现在去问,他也不会把实情告诉我的。他想说的时候,自然会说。

滑动鼠标,翻了几页,有一条新闻引起了我的注意。

1月6号上午5点20分,上海宝山区公安局接到一位拾荒者的报警电话,在顾北东路路段发现了一具女性尸体,警方随即派出警力封锁了事发现场,并对现场进行勘察处理。经民警调查,死者为女性,年龄30岁左右,黑色直发,身高160厘米,浑身赤裸。经法医检查,发现尸体时尸身出现腐败绿斑,初步断定死者已经死亡5天以上,死因为心肌梗死,并非谋杀。到目前为止死者身份还没有查清,借此机会希望广大群众能够积极给警方提供线索。

"我找到了!在宝山区真的发现了一具无名女尸!"我对着楼下喊道。

陈燨听到我的呼唤,三步并作两步地跑上楼。他看着电脑显示器,难掩脸上兴奋的神色,说道:"韩晋,干得漂亮!看来我的推测没有错,真的发生杀人事件了!"

"哪有杀人事件？你仔细看新闻，上面写得清清楚楚，死因是心肌梗死。难道是用某种手法让她心肌梗死的，比如用针管把空气注射入动脉这种？"

"那是电影情节，现实中这点空气是行不通的。"陈燔笑道，"不，这位死者确实是死于心肌梗死，我说的杀人事件可不是这件。现在几点？"

我看了一眼手表，回答道："下午两点。"

陈燔直了直身子，亢奋地说："事不宜迟，我们赶快行动吧！不然就来不及了！"

"行动？去哪儿？"

"当然是去抓杀人凶手啦！"陈燔冲着我神秘一笑。

我完全被他搞糊涂了。

2

平凉路综合医院住院大楼四楼。

透过窗户可以看见窗外雾蒙蒙的天气。阳光无法穿透厚实云层与重重雾霾，四一二特需病房的光线少得可怜。纯白色的病房显得很阴沉，似有一股无形的压力，使得站在病房里的人都喘不过气来，情绪压抑。或许是多了两位不速之客，此时，病房里弥漫着紧张的气氛。我想，如果不是刑侦队宋伯雄警官的陪同，吴茜的父母是不会让我们走进这里的。毕竟她刚从鬼门关走过一回，精神状态和身体机能还未恢复，不能再受刺激。

面对着我们的吴茜斜躺在病床上，双手交握着放在膝盖前，始终低着头。吴茜的侧脸很美，长长的睫毛微颤，狭长的眼角微微上扬，鼻梁和下巴勾勒出一条柔和的曲线。虽说不上绝色倾城，但也足以让我这样的单身汉心生好感。正因为她低着头没有看我，才给了我这样仔细观察她相貌的机会。面对这样的美女，陈燨却把注意力放在了病房的四周摆设上。扫视一遍后，他才收拢目光，看着吴茜。

"我要说的，都告诉郭教授了。杂志上都有。"

或许是内心尚有防备，吴茜说话的时候也没抬起头。

"冒昧打扰，实在是不好意思。只是人命关天，希望吴小姐能再回忆一下，是否还有什么细节能够记起来的？"我尽量让自己的声音听上去低沉儒雅。

"对不起，我真的记不起什么了，甚至不敢肯定，我是否像我所说的那样，有过这些稀奇古怪的经历。或许我是真的被车撞坏了脑袋。而且，我实在难以明白，一次噩梦般的体验，为什么会和杀人事件挂钩？"吴茜终于缓缓抬起头，对着我们说道。

"拇指上的伤口，也是幻觉吗？"突然开口询问的是陈燨。

"我……我不知道……"吴茜轻咬下唇，皱起了眉心。

陈燨在病房里来回踱步，忽然在窗口处停了下来。他看着窗台上那几盆仿真花，轻声说道："你看见的是彼岸花吧？"

"你说什么？"吴茜歪着头，神情迷茫地看着陈燨。

"我看了杂志。当指引者带你过桥的时候，你在忘川河边，看到的那些猩红色的花朵，就是彼岸花。"原本背对吴茜的陈燨，此刻转过身来，继续说道，"彼岸花又名曼珠沙华，来源于《法华经》。一般认为是生长在阴阳界河边的接引之花，相传此花只开于冥界，你一定读过不少佛经故事吧？"

吴茜点了点头。

"正如我猜想的，南人不梦驼，北人不梦象。"陈燨拱了拱肩膀，似乎知道今天注定无功而返，释然道，"既然你什么都记不起来，我们也只能打道回府了。不过还是有个忠告，最近你会处于危险之中，要小心。我已经吩咐了宋警官，他会加派几个人手在医院保护你，直到风头过去。"

"危险？什么危险？"吴茜不安地问道。

"目前我不敢确定，不过你最好听我的话。"说着，陈燨径直走出了病房，留下一脸惊慌的吴茜。

见他离开病房，我赶紧跟在他身后，问道："你现在总可以告诉我来龙去脉了吧？为什么吴茜会有危险呢？"

"如果郭泰麟教授那篇文章没有发表，或许吴茜可以躲过一劫……"陈燨似乎还想说什么，却看到迎面走来的宋伯雄，忙问道："宋警官，那具无名女尸的资料有没有带来？"

"当然，我办事你放一百个心。我拍了好多张照片，够你看的。"宋警官边说边挥舞手里那一沓案卷资料。

宋伯雄今年四十多岁，身材魁梧壮硕，普通的匪徒根本不是他的对手。因为性情勇敢无畏，他办事果断利落，对案件追查到底的态度，非常受上级的赏识。由于和陈燨联手破获过许多案件，对陈燨的建议可说是言听计从。当然，他们之间的故事，我知道的也仅仅是少数。如今，陈燨能成为市公安局的刑侦顾问，宋伯雄警官对他的信赖由此可见一斑。

"我女儿到底怎么了？为什么会有警察守在病房门口？"正当陈燨接过案件资料时，一位年近六旬的阿姨走到我们跟前，满面愁容地问道。

她是吴茜的母亲，刚才进病房时见过。

"到底是怎么回事？你们警察是不是有事瞒着我？难道那场车祸不

是意外,是有人要害我的女儿?你们倒是说话啊!"吴阿姨紧紧陈燨的衣袖,情绪非常激动。

"我们体谅你担心女儿的心情,可是现在正在办案,许多细节不可细说。阿姨,请你先放手,我们派警察来保护你的女儿,只是以防万一,你不需太过紧张。来,先把手放开。"宋伯雄在一旁安抚道。

陈燨却毫不在意,反而问道:"你女儿昏迷的时候,有没有发生什么奇怪的事?任何小事都可以,你还记得吗?"

吴阿姨被他一问,呆了片刻,怔怔道:"没啊……没发生什么,你问这个做什么?"

她的注意力被陈燨的问题吸引,松开了手。

"请务必回忆一下,事关你女儿的安危。"

这是陈燨经常用的伎俩,恐吓加威胁,但总能起效。

吴阿姨歪着头想了想,最后还是放弃似的摇头道:"一切都很正常。从急救室出来的时候,医生说我女儿暂时没有脱离生命危险,我害怕得都哭了出来。之后护士给她换了件白色的病服,就推进了重症监护室。直到第二天早上,人忽然就清醒过来,医生都说是奇迹!我女儿福大命大啊!"

随后宋警官又对吴阿姨说了几句安慰的话,才摆脱了她的纠缠。

走在嘈杂的医院走廊里,噪音从四面八方向我涌来。看病的人还真多啊。这时,我看见一位年轻的母亲,抱着一个三四岁的孩童,不住地安慰道:"出院了妈妈给你再买个新的鱼缸,好不好?"

那孩子蹬踏着小腿,哭得很是伤心:"不好嘛,我就要那个大玻璃鱼缸,就要那个嘛!"

陈燨朝他们看了一眼。

"接下来我们去哪儿?"我问道。

“去找这儿的护士长，不出所料，这里果然发生了不得了的事。”陈爝答道。

“究竟发生了什么！我都要崩溃了！你能不能把前因后果跟我说一说？你看我都跟着你忙了一天了！”我停下脚步，带着情绪向陈爝抱怨道。

“是啊，你干脆把想法和我们讲一讲，省得我和韩晋一直问。”

陈爝喜欢故弄玄虚，我们都知道，可是这次，连好脾气的宋警官也看不下去了。

“好吧，你们想问什么，尽管问。”陈爝无奈地摊开双手，“我一定知无不言，这样总可以了吧？”

3

“开始吧，我们从哪儿说起呢？”

陈爝斜靠在走廊的墙上，双手环抱在胸前，显得很不耐烦。

“一开始！从一开始你发神经病时说起！为什么看了那本杂志，你就开始满世界找尸体了呢？”我没好气地问道。

“刚开始也只是个推测，没想到被我猜中了。”陈爝叹道。

“我不想听你讲废话。”我催促道，“快把整件事的来龙去脉说清楚！”

“韩晋，其实一开始我就不信什么灵魂出窍。郭教授是二元论的支持者，他坚信肉体之外还有心灵，或者用他们的话来讲，亦即灵魂。肉体和灵魂组成了人。但我不这么认为，我打个比方，对我来说，肉体和心灵的关系，就像是脸和微笑的关系，我们有脸，有五官，自然可以微笑，如果我们死了，微笑也会消失，仅此而已。好，既然吴茜接受郭教授采访时没有理由说谎,那我就假定她所说的一切都是事实。起初看这篇采访记录,我只是单纯把它当作吴茜的幻想而已。但是,吴茜却说拇指被划伤了,而且伤口很深,从这里开始我起了疑心。脑内的幻想是不能幻化出实体伤害的,吴茜拇指的划伤,必定是有人在重症监护室里,用某种方式伤到了她!

"我开始查询上海地图,发现在浦东栖山路罗山路周围,没有大型的综合医院,于是救护车便把重伤的吴茜送至最近的浦西平凉路综合医院。其实,吴茜在受伤后,神志虽然不清,却也看见了一些东西。从栖山路到平凉路,需要经过哪里?答案是跨过黄浦江。如何跨过黄浦江呢?最近的路程就是走杨浦大桥。吴茜在混乱的意识中,把杨浦大桥当成了奈何桥,而黄浦江则是地狱的忘川河。我突然意识到,吴茜很可能在濒死状态下,在意识模糊的情况下,把一切外部的信息,转化成自己大脑内部所能理解的幻想了。

"接下来,吴茜在'小方格'中目睹了一起杀人案。这起发生在地狱的杀人案,讲述的是一头野兽把利爪刺入女人身上企图杀害他。吴茜听见了她的尖叫。抱歉,这个时候我的大脑已经不受控制,开始胡思乱想起来。如果把这些幻想中的隐喻排列组合,你会发现非常符合现实。首先,有人在吴茜面前杀死了一个女人,那人的咆哮声在吴茜听来,恰似野兽;而那个无形的女人,自然只有尖叫声,吴茜看不到她的相貌,因为此时的吴茜正闭着眼睛。当然,隐喻中得出的信息远远不止这些,我还有其他证据,稍后会告诉你们。我开始怀疑,有人在吴茜的病房中,在昏迷不醒的吴茜身边,杀死了一个女人。而吴茜拇指的伤口,正是凶手与死者搏斗时,无意间划破的……"

"那女人的尸体是怎么回事?"宋伯雄忽然问道。

"如果凶手是在重症监护室中杀人,那么凶手会把尸体运往何方呢？据说，住院大楼顶楼上周电路出现了问题，这里的摄像头正在维修，凶手不怕会被拍到自己杀人移尸的景象。可是毕竟是一具尸体，凶手如果此刻把被害者背在身上，运出医院，即便是夜晚，也难免会被人察觉。"陈燔解释道。

确实，平凉路综合医院的住院部有两栋楼，此时我们所在的是一号楼，重症监护室则是在二号楼的五楼。如果凶手在吴茜的病房内杀死了一个女人，那么他要处理这具尸体，必须用某种手法，瞒过一楼的保安，把尸体搬运出去。尽管二号住院楼里，三四五楼层的摄像头有损坏，可是，要将一具成年人的尸体搬运出去，恐怕也是一项不可能完成的任务。

正当陈燔准备继续讲下去时，忽然走来一位女护士，叫住了我们。女护士看上去有四十多岁，人很高挑，可惜相貌不佳，总让我联想到乡村河边的大白鹅。

"对不起，是你们找我？"她显然是认出了身着警察制服的宋警官。

"你就是这里的护士长许月霞吧？"宋警官问道，"我刚才去你办公室找过你，你同事说你不在。"

"有点私人的事情需要处理。请问，找我有什么事呢？"

"我们想打听一下，你们医院最近……"

"失踪。"陈燔问，"有没有人失踪？"

许月霞的面色一变，然后结巴道："有是有一个，但……但是也就一个礼拜不到。兴许是去哪里玩儿了。现在的小孩，工作都三分钟热度，你们也知道。"

听她这么说，陈燔和宋警官对视了一眼。看来是问对人了。

"有人失踪，难道不报警吗？！"宋警官厉声喝道，"怎么一点常识也没有！失踪的人是谁？在你们医院什么职位？"

"是我手下的护士,名叫戴小兰。"

"几时不见的?"

"大约是十二月八日早上,七日夜里她值夜班,早上就不知所踪了。"

"她的父母知道这事吗?"

"戴小兰并非本地人,在老家的父母可能还不知道吧……"许月霞像是意识到了问题的严重性,担忧道,"她不会出什么事吧……戴小兰老是逃班,这也不是第一次了,上次……上次也是过了好久才出现的,医院都差点儿开除她……"

"她外面朋友是不是很多?"

"这……这我就不知道了。"

宋警官一把夺过陈燨手中的案卷,抽出几张照片,在许月霞面前晃了晃:"你看看,这人是不是戴小兰?"

许月霞把脸凑近照片,仔细端详了片刻。忽然之间,原本紧绷的五官瞬间松散开来,指着照片说道:"这女人是谁?我完全不认识!"

"这人不是戴小兰?你确定?"

宋警官瞪大双眼,一副难以置信的模样。

何止宋警官难以置信,就连我的心也沉了下去。如果这女的不是戴小兰,那么她是谁?为什么会在吴茜梦游地狱之后,突然出现?或者只是巧合?毕竟上海滩这么大,按概率算,恐怕每天都会有猝死的人。

"什么事这么吵?"这时又走来一个身披白大褂的男子,看上去像是这里的医生。

"没什么,警察来调查失踪案。"许月霞对男医生解释道,"不过看样子是搞错了。我来为大家介绍一下,这位就是林浩——林医生,是吴茜的主治医生。"

随后我们相互之间又做了自我介绍。林浩看上去三十出头，相当年轻，个子又高，这样的青年医生应该很受女孩子欢迎吧，我心里这样想。

"原来是戴护士失踪的事啊，哎，希望她别出什么事才好。不过既然搞错了，我也就放心了。警察真是辛苦啊，看来还得继续……"

"没有搞错。"

说话的人是陈燨。

"可是照片上的女尸，并不是戴小兰啊？"我说。

"不是就对了。"

"什么？"

"因为戴小兰的尸体，还在医院里。"陈燨胸有成竹地看着众人，大声说道。

"这……这怎么可能……"宋警官惊愕的已经说不出话了。

林浩也皱起眉头，追问道："陈先生，你说在我们医院，可是医院里没有人见到戴护士啊？如果她在医院，那么现在她身在何处呢？"

"如果你要藏一片树叶，最佳的地点是树林。问题来了，如果你要藏匿一具尸体，最好的地方是哪里呢？"陈燨露出了狡黠的表情。

"难道……难道是医院的停尸房？"这次轮到林浩惊讶了。

"You said it！"陈燨打了个响指。

4

平凉路综合医院的停尸房位于住院部二号楼的后侧旧大楼的地下室，两栋楼中间相连。可是旧大楼除了地下室的停尸房，其他房间基本废弃，待明年重新翻修，所以内部的门窗都已上锁，出入只能通过住院大楼的二号楼正门。我们是直接通过走廊，从二号楼走过去的。不知是不是心理作用，总觉得这栋旧楼阴风阵阵。进入电梯下到地下一层后，这种不适感更甚。

管理停尸房的是一位五十岁上下的大叔，真名赵刚，人称老赵。他在这家医院干了二十年了，形形色色的人物都见过。可这次很不寻常，警察来寻找的尸体，竟然是医院里的女护士。当宋警官提出要求后，气得老赵直摇头，甚至开口就骂："你这是在质疑我的工作态度！这儿的病人遗体我都会过目，你说的戴小兰我也认识，怎么可能在我这里？你们不要影响我工作，赶快离开。"

无论怎么说，老赵就是不肯，差点儿和宋警官干起架来。幸好陈熠出面阻止，然后拿出那张宝山无名女尸的照片给老赵看。

"你瞧瞧这个人，是不是很眼熟？"

老赵忽然像是被人扇了一记耳光，顿时怔住了。他又对着照片瞅了几眼，迷迷糊糊地说："真是奇了怪了，这女娃我见过啊。按理说应该在我这儿收着呢……"

听他这么一说，原本就恐慌不已的我头皮都发麻了，难道是诈尸了？

"她原本在哪个位置？你还记得吗？"

"当然记得。"老赵转身走进太平间，然后打开了冰柜第三层抽屉。谁知老赵刚拉开尸袋的拉链，就惊呼起来。我们忙跑过去，只见尸袋中是一具陌生的女尸。这时，一直站在我身后的许月霞尖叫起来，惊恐道："戴……戴小兰！"

果然被陈熠说中，戴小兰的尸体竟然藏在了医院的停尸房！

"凶手为什么要在停尸房交换尸体？"我用颤抖的声音问陈熠，

"还有,你怎么知道戴小兰的尸体会在这里,难道凶手就是你?"

陈燚不理会我,转而去问老赵:"十二月七日晚上,是不是你值班?"

老赵点点头。

"你有没有离开过这里?"

"有,我每天晚上十二点都要去医院对面的饭馆买夜宵吃,凌晨一点左右回来。恐怕凶手就是趁这个时候潜入这里的。"

"停尸房不锁门吗?"

"锁啊,可是医院有不少医生和工作人员都有钥匙。就算不是医务人员,想搞到停尸房的钥匙也并非难事,只要去拿门卫室的钥匙复制一下就行了……"

老赵说完,想把冰柜抽屉推回去,可是推了半天也没成功,像是使不上劲。最后我和陈燚合力帮了他一把。想不到这东西还挺沉。老赵说两周前因为搬运重物,不小心右手骨折,到现在还使不上劲呢。

"我这就去叫局里的同事过来。"宋警官急急忙忙地走了出去。

"顺便把法医叫来。"陈燚对着他的背影喊了一句。

许月霞坐在地上哭泣,看来她是真的没想到戴小兰会变成这样。

"你怎么知道凶手把尸体藏在这里?"按捺不住好奇心,我再次问陈燚。

"很简单,如果凶手是在吴茜的病房里行凶,那么杀人之后,如何处理尸体是个麻烦事。他不可能大摇大摆地把尸体搬运出去,因为一楼还有保安睁眼盯着。所以,我就想到了停尸房。如果把尸体暂时存放在那儿,倒是一个不错的选择。"

"那裸体女尸你又是怎么联想到的呢?"

"凶手如果把戴小兰的尸体抛在野外,会有什么后果?警察会来调查，然后查出这具尸体的死因是谋杀，接着会从医院展开调查。凶手如果想明哲保身，就不会这样做。但是销毁一具尸体太麻烦了，最好的办法，就是从停尸房里找一具相似的尸体，而且，这具尸体必须是自然死亡，这样即便是被人找到，也不会联想到杀人事件。如果是无名尸，没有家属来认领的话，那最好不过。所以我就想，如果凶手真这么做，那么上海某地一定会出现一具无名女尸，而且是从停尸房取出的，基本上不会穿衣服。"

"这个人似乎很了解医院的事啊，连老赵十二点会出去吃夜宵都知道。"

"没错，恐怕凶手就是医院里的人。"

"我现在理一理思路。吴茜的重症监护室是住院大楼二号楼的五楼，四楼则是普通病房区域。吴茜在十二月五日晚上发生车祸，开始神志不清，直到十二月七日夜里，凶手潜入病房，杀害了正在照顾吴茜的护士戴小兰。凶手杀死她之后，拖着戴小兰的尸体，来到了停尸房，然后把戴小兰的尸体放入冰柜。这个时候，凶手并没有取走无名女尸，也没有调换尸体，而是直接离开了停尸房，对不对？"

"没错。"

"可是还有个问题啊。假如我们因为一楼有保安，而断定没有闲杂人等进入二号楼，所以认为凶手一定是医院内部的人，就会有问题。你想，外来的凶手可以沿着墙外的水管，从厕所的窗户爬进大楼啊。而且对医院内部情况熟悉，也不能断定就是内部人员所为。"

"这点我早就注意到了。韩晋，放心吧，我有对策。现在趁市局的侦查员和法医还没来，我们先行动起来吧。"

"你打算去哪儿？"

"去找十二月七日夜里值班的保安啊。"

决定后,我们来到了一楼大厅。询问下来,非常不巧,十二月七日当天值班的保安李占东今天没来上班,请了病假。看来我们的运气不太好。保安领班刚才看到我们和宋警官走在一起,以为我们是便衣警察,态度非常殷勤。

"一定是出什么大事了吧!"那保安领班试探性地问道。

陈燔没有回答他的问题,反而问道:"你认识戴小兰吗,她是这里的护士?"

那保安领班歪着脑袋想了想,说道:"哦,我知道了,是那个笑起来甜甜的姑娘吧!对,她是叫戴小兰。说起来,有好几天没见到她了啊。警察先生,不会是这女孩子犯了什么事吧?人家可是个好姑娘,你们可别冤枉她。"

"她在医院里有仇家吗?"陈燔又问。

"没有吧,这姑娘人缘挺不错呢。哦,她在咱们医院还有个男朋友呢!"

"男朋友?是谁?我们有话问他。"我忙问道。

保安领班抬起手指着前方,大声喊道:"喏,就是那个,胖胖的小伙子。喂,小杨,过来一下,有人找你。"

那个男人浑身清洁工打扮,右手拎着水桶,左手持拖把,看了我们一眼,露出十分不情愿的表情。我们本以为他会老老实实朝我们走来,谁知他蓦地将水桶和拖把丢到一边,撞开左右两边的行人,拔腿就往大楼外跑。

"抓住他!"我大喊一声,赶忙追了上去。那水桶里的水洒了一地,我跨步时用力太猛,一不留神踩中了水渍,脚下一滑,重重摔在了地上。

5

杨逸舟的运气并不好,他前脚刚跨出二号楼的大门,迎面就撞上了比他体格更加健壮的宋警官。结果可想而知,不到二十秒,杨逸舟就被宋警官擒拿手制服、狠狠地压在了身下,动弹不得。宋警官手上只要稍稍用力,就可以让他疼得龇牙咧嘴,叫苦不迭。

我刚才那跤摔得不轻,额头肿了一块包。陈燔笑嘻嘻地把我从地上扶起来,看上去很是幸灾乐祸。我用手捂着额头,向他们走去。杨逸舟脸上充满了恐惧,他似乎知道什么。

"你跑什么跑?"宋警官怒道,"是不是做贼心虚?"

"我……我没有……我只是这里的护工,我什么都不知道。"杨逸舟有些语无伦次。

陈燔上前一步,问道:"你和戴小兰是恋人关系吧?"

杨逸舟见瞒不下去,无奈点了点头。

"她最近失踪了,你知道吗?"陈燔又问。

"我知道。可是,警察先生,戴小兰失踪真的和我无关啊!我虽然扬言要报复她,可是真的没有绑架她!我知道医院里有人在我背后指指点点,说些风凉话,但我是清白的!你们要相信我。"杨逸舟的语气很诚恳。

宋警官冷笑道:"清白不清白,我说了不算。走,跟我回警察局!"

杨逸舟哭丧着脸,被宋警官反剪双手,押着走向警车。这时陈燔走了上去,在宋警官耳边说了些话。可惜声音太轻,我没听见。宋警官看着陈燔,脸上浮现出奇怪的神色,然后微微颔首,松开了杨逸舟。

陈燔说:"我有些话想问你,如果你不老实回答,这位警官可要把你送去警局了。到时候，我可就帮不了你了。"

"一定老实！一定老实！"

那杨逸舟像是重获新生一般，感激之情溢于言表。

宋警官说还有事要办，去了停尸房。我们三人在保安领班的帮助下，找到了一间无人的办公室坐下。杨逸舟虽然人高马大，个性却十分懦弱。刚才被宋警官逮住，差点儿给送去警局，他直到现在还心有余悸，身体瑟瑟发抖。在我看来，这样的人实在不像是杀死戴小兰的凶手。

"你几时发现戴小兰失踪了？"陈燏开门见山地问。

"十二月八日上午，那天我没有在医院见到她，打电话也联系不到。"

"刚才你在二号楼门口大喊，你扬言要报复她，你们既然是情侣，为什么要报复她？"

陈燏的问题似乎戳到了杨逸舟的痛处。他沉默了很长一段时间，像是内心在做思想斗争，最后下定决心般，开口说道："她提出要和我分手。"

"你们感情不好吗？她为什么要和你分手？"

"我问过她，但是她不肯说原因。我想，或许是嫌弃我收入微薄，不足以给她优质而幸福的生活。女人果然都是爱钱的。"

"这只是你的揣测。你见到我们，为什么要逃？"

"我害怕啊。戴小兰失踪一周了，医院里都在传我绑架了她，将她囚禁在某个地方。我怕被警察抓去，我不想坐牢啊。我不是变态，就算她硬要和我分手，我也不会伤害她的。"

"我还有个问题，十二月七日晚上，你在哪里？"

"我值夜班，早上才离开。"

"那天你在住院部二号楼见到戴小兰了吗？"

"没有，十一月中旬左右，她就开始躲着我了。不过我知道她那天也在二号楼里。"

"十二月七日夜里有没有发生不寻常的事件？任何小事都可以。"

"没有……哦，有一件，不过也算是很普通的小事。"

"请说。"

"大约是夜里十二点吧，许月霞忽然来找我，让我去打理一下五楼的女厕所。"

我看了陈燔一眼。住院部二号楼五楼，也就是吴茜所在的病房的楼层。

"许月霞就是那个护士长吧？她让你去女厕所做什么呢？"

"是的，就是许护士长。她说在五楼女厕所的地上，有许多玻璃碎片，不知道谁把玻璃瓶打碎了。因为清洁工那时候都已经下班，所以让我去打扫一下。说起来，那天四楼女厕所和五楼男厕所的水管出现问题，都停水了。所以原本在四楼工作的许月霞就上了五楼用厕所。"

"玻璃啊……"

"是的，不止如此，地上还都是水。玻璃碎片和水混合在一起，地上又滑，真的是非常危险。要是有老人孩子不小心滑倒，后果不堪设想。我立刻取来垃圾袋，把地上的碎玻璃一块一块拾起。"

"那些玻璃碴儿还在吗？"

"早丢了。"

"杨先生，你是医院的护工对吧？我一直很好奇，护工平时做些什么工作呢？"

"其实就是负责患者生活护理的人员啦，平时协助护士对患者进行日常生活的照顾。有时候病人没有自理能力，我们就会帮他们清洁个人卫生,如洗脸、梳头、口腔清洁、假牙护理、擦身、更衣等,如果是行动不方便的患者,他们上下床、坐轮椅也需要我们的帮助。"

"你刚才说更衣,你们会负责替患者换衣服对吧?"

"是啊。"

"病服都哪里取的呢?"

"我们医院专门设有患者更衣室啊,清洗干净的病服都在五楼的一个房间里,按患者的名字编号,这样不会搞错。医生、护士或者护工都配有专门的钥匙。"

陈爔若有所思地点了点头。

"不过护工和清洁工专用的工具室,其他人是进不去的。"

"哦?里面有些什么呢?"

"也没什么啦,都是一些拖把水桶之类的清洁用具,还有清洁剂之类的东西。"

"我知道了。"

就这样,又问了几个无关痛痒的问题,我们才让杨逸舟离开。

陈爔一言不发地坐在椅子上,我也不去打扰他。我知道,这个时候,他的大脑正飞速运转,思考着各种可能性。百无聊赖,我取出记事本,用黑色的水笔在纸上记录眼下已知的线索。除去外来犯罪的可能性(当然目前还不能排除),十二月七日晚上在住院部二号楼值班的人员,大致有如下几人:被害者戴小兰、主治医生林浩、护士长许月霞、护工杨逸舟、保安李占东和停尸房管理员赵刚。五楼是重症监护区域,除了戴小兰负责站岗巡视之外,其余人都在四楼。把这些人名写完后,我感到一阵失落。我们现在知道凶手曾趁着老赵离开的时候(当然也有可能凶手就是老赵本人)把被害人的尸体放入停尸房,除此之外没有其他线索。即便是陈爔,仅靠这点线索,恐怕也无能为力吧。"

大约过了半个小时，宋警官打来电话，告诉陈燏，戴小兰的大致死亡时间已经确认，正如陈燏所说，是十二月七日的夜里十一点至十二月八日凌晨一点之间。老赵是十二点去吃夜宵，假设他没有说谎，那么戴小兰的死亡时间应该是十二月七日的十一点至十二点之间。

陈燏起身走出办公室，我也跟着他离开。医院走廊上弥漫着消毒水的味道，这不由让我想起童年时，父母送我去看病的情景。说来也巧，当我们走到门诊大厅时，忽然听到一阵哭闹声，定睛一看，正是探望吴茜时遇见过的那位年轻母亲和她三岁的孩子。那孩子似乎不愿意吃药，母亲蹲在他身边，耐心地讲着什么。

"打扰了，我想请教一个问题。"

不知何时，陈燏竟然走到了那位母亲身旁，用尽量温和的口气说道。

那母亲双眼流露出警觉的神色，把陈燏上下打量了一番，确定对她孩子没有威胁后，才缓缓开口："什么问题？"

"你孩子是不是丢了一个鱼缸？"

"没错，可是，你怎么会知道的呢？"年轻的母亲怀疑道。

"对不起，我不是偷鱼缸的小偷，只是之前在走廊里听见你们的谈话。请问鱼缸是在哪里丢的呢？是不是十二月七日丢的？"

年轻的母亲想了一会儿，才说："记得是周日，这样看来是十二月七日没错。那时候我儿子正在住院部五楼的病房，他舅舅见他喜欢小金鱼，特意买了一条，放在病房里陪他。谁知早上鱼缸就不见了，那条金鱼就丢在病房的地上，也死了。不知是谁这样缺德，连小孩子的东西都要偷！唉！"

听完她的叙述，陈燏忽然哈哈大笑起来。突如其来的笑声把那位母亲吓得不轻，忙带着孩子走开，远离这个疯癫的男人。

"喂，你又犯毛病了吗？"我对着陈爝大喊。

"去把宋警官叫来吧，我已经知道凶手的身份了。"

说完，陈爝打着哈欠，伸了个大大的懒腰。

6

宋伯雄警官在陈爝面前坐立不安。他似乎正耐着性子，静待陈爝说出最后的答案，反观陈爝，却悠然自得地品尝着手里的热茶。看着窗外天色渐暗，我也开始躁动起来。从陈爝让我把宋警官叫到这间办公室，已经过去了二十分钟，他却东拉西扯，令人不知所云。幸好宋警官和我都了解他的个性，换作他人早就崩溃了。

"你怎么解开这个案子的？"宋警官讪讪地问道。对于他这样一个性子急躁的人，二十分钟已经是他的极限了。

陈爝放下手中的茶杯，直了直背脊，开始讲述他的推理。

"不可否认，这个案子一开始确实有运气的成分。韩晋，你经常嘲笑我破案靠的是想象力，我承认，但我想纠正一点。其实并非完全是依赖想象力，其中还有逻辑推理。从一开始注意到吴茜叙述中的一些异常，直到推测出医院的尸体所在，你可以说是我运气不错。不过，最后一击，亦即揪出凶手的推理，一定是符合逻辑的。我们来整理一下这次杀人事件的始末吧！从吴茜那次恐怖的地狱之旅体验中，我推理出在她深度昏迷的情况下，在与她近在咫尺的地方，也就是吴茜的病房中，发生了一起杀人事件。而被害者就是十二月八日失踪的护士戴小兰。

"戴小兰被杀后，凶手将尸体藏匿到了医院的停尸房，然后又在后面几天,把戴小兰的尸体和一具无名女尸做了调换,然后在宝山区顾北东路附近抛尸。他这么做的目的,就是为了让人把戴小兰的尸体误以为是无名女尸。我们都知道,医院内如果出现了无人认领尸体,是由医院开具《死亡医学证明书》,然后公安机关检验,再由市殡仪馆接运尸体焚化。那具无名尸的证明书和检验都已完成,只要送去焚化即可。幸好我们早来一步,如果明天再来,恐怕戴小兰的尸体就要被当成无名尸处理了。根据法医检验结果,戴小兰的死亡时间是十二月七日夜里十一点之后,那么凶手的范围就大大缩小了。十二月七日在住院部二号楼值班的工作人员只有五位,像这种小型医院,夜班医务人员也不会太多。"

"等等,我打断一下。"宋伯雄警官说,"你凭什么认为杀死戴小兰的凶手,就在医院值班的五个人中呢?二号楼来来去去的病患和家属也不少吧?虽然一楼保安处有登记,可也不能排除嫌疑吧?况且还有可能是外来犯罪。韩晋也提到过,如果沿着墙外的管道爬行,很容易就会从厕所进入住院大楼。"

"少安毋躁,我之后会解释这个问题。为什么我会固执地认为,凶手一定是医院的工作人员呢?且不说凶手极其了解医院地形结构,甚至连停尸房的位置都了若指掌这一点,我还有另一个佐证。不知你们是否还记得,在吴茜'濒死体验'的叙述中,曾经提到目击野兽杀人后,有许多小鬼出现脱她的衣服。刚看到这里的时候,我就非常在意,果然,在文章末尾,吴茜提到了她的病服。吴茜说,'穿着蓝白条纹的病服,手脚都被石膏固定住了。'请注意,她醒来的时候,穿的是蓝白色条纹的病服。可是当我问及吴茜的母亲时,她却说'之后护士给她换了件白色的病服,就推进了重症监护室。直到第二天早上,人忽然就清醒过来,医生都说是奇迹',你们注意到了吗?明明护士给吴茜穿的是白色病服，为什么一觉醒来却变成了蓝白色？"抛出问题后，陈爎看着我和宋警官。

"有人替吴茜换过病服？"宋警官一字一字缓缓地问道。

"没错，有人替她换了病服。脱下了吴茜的病服，然后又替她换上一件新的。究竟是谁这么做呢？唯一的可能就是，当时在病房里的凶手。凶手在杀死戴小兰后，不小心把血液溅到了吴茜的病服上。这下可让他慌了神，如果衣服上有血迹，一定会招人怀疑。所以他必须换下吴茜身上有血迹的病服。如果是这样，那么换衣服的人，一定是可以拿到新病服的人，这点没错吧？那么，有谁既能拿到病服，又有停尸房的钥匙呢？"

我屏住呼吸，认真地听着陈爎接下去的推理。

"答案是医院内部的人！只有这个可能！虽然三楼以上的摄像头都在维修，可是一楼大厅的摄像头是完好的。进出住院部二号楼的人都能看到，所以除去病患及病患家属，如果有其他医院工作人员进入这里，一定会被发现。可是没有，也就是说，我们完全有理由把嫌疑人的范围缩小到当天值夜班的五个人身上。也就是医生林浩、护士长许月霞、护工杨逸舟、保安李占东和停尸房管理员赵刚。

"锁定嫌疑人的范围之后，新的问题开始困扰我。直到我从杨逸舟那儿听到了一件事，他说在十二月七日深夜，曾经被许月霞叫去五楼，清扫女厕所。因为在女厕所的地上有一堆玻璃碎片。为什么会突然出现一堆玻璃碎片呢？我开始感到疑惑，然后从一位患儿的母亲那儿，听说她儿子在十二月七日夜里丢失了一个玻璃鱼缸。凑巧的是，那位患儿的病房正巧也在五楼。也就是说，有人从病患的房间里偷出了那个玻璃鱼缸，然后带到女厕所砸碎。而且这个人，一定是医院的工作人员，这样进出病房才不会令人怀疑。"

"究竟谁会做这种奇怪的事？为什么要偷走鱼缸然后去女厕所砸碎呢？"我提出疑问。

"这个世界上，除了疯子，没有人会做无谓的事。**对于这个人来说，偷鱼缸不仅不奇怪，反而非常必要，简直不偷不行！**"面对我的提问，陈燔笑着说道。

我的大脑，显然已无法理解陈燔所说的话了。

陈燔像是看出了我的苦恼，耐心解释道："至于鱼缸的用处，其实只要把它和杀人事件联系起来即可理解。回忆一下，刚才我说过，凶手为什么要脱吴茜的病服，是因为病服上沾有血迹。那病服上会沾到血迹，病房的地上难道不会吗？那如果凶手要清洗地上的血迹，却又苦于没有盛水的容器，他会怎么做呢？"

原来如此！我恍然大悟！

"既然知道了凶手偷走玻璃鱼缸的目的，我们就可以开始推理了。凶手先是在病房里与戴小兰发生争执，一怒之下，用利刃杀死了她。戴小兰的血液溅得到处都是，包括昏迷患者的病服上和病房的地上。慌张的凶手可能没想到自己会这样冲动，于是开始寻找盛水的容器来清洗地板，最终找到了隔壁病房的鱼缸。凶手把鱼缸装满水，开始清洗现场，把血迹擦掉。吴茜原本那件白色的病服，可能被凶手当成了抹布。清理完现场后，凶手开始计划如何隐藏尸体。毕竟要藏住这样一具成年人的尸体，谈何容易？而在这个时候，凶手忽然心生一计，想到利用停尸房里的无名尸来做交换。案发当天只需把戴小兰的尸体藏进停尸房的冰柜中，待过几日后，再取出无名尸抛尸野外，神不知鬼不觉。计划制订完毕后，凶手趁着老赵不在（或者就是老赵本人）潜入停尸房……"

"我想知道凶手是谁。"宋警官插嘴道。

"根据以上线索，用逻辑推理可以立刻知道凶手的身份。首先，因为凶手曾经为患者换过病服，由此我们可以排除一楼大厅的保安李占东。因为我听护工杨逸舟说过，患者更衣室的钥匙只有医生、护士或者护工持有，身为保安的李占东没法在慌忙之下，找到一件合身的病服给吴茜换上。然后我们把目光投向玻璃鱼缸。别小看这个玻璃鱼缸，它可是我之后所有推理的依据。你看，如果凶手是护工杨逸舟，那么他完全不需要鱼缸，他可是有水桶的。身为护工，他完全可以大摇大摆地从工具室里取出水桶和拖把。而工具室医生和护士是进不去的。因此我们可以排除杨逸舟的嫌疑。"

"凶手是不是停尸房的老赵？"我说出了心中的想法，"我一直觉得他可疑！"

"你为什么这样说呢？"陈燨反问道。

"直觉……"

"不好意思，韩晋你猜错了，凶手不是老赵。"陈燨说。

"为什么？"

"你搬过大鱼缸吗，特别是盛满水的玻璃鱼缸？"陈燨摊开双手，对我说道，"盛满水的鱼缸是很重的，需要两只手来搬。可是，老赵两周前因为搬运重物，右手骨折了，根本使不上劲。他搬不动盛满水的玻璃鱼缸。"

"这样啊……"

如果排除了保安李占东、护工杨逸舟和停尸房管理员老赵，那么剩下的嫌疑人只有两个了。医生林浩和护士许月霞，究竟谁才是杀死戴小兰的凶手呢？

"最后的疑点，就是女厕所地上的玻璃碎片。我始终想不明白，凶手为何要在女厕所砸碎这个玻璃鱼缸。如果是要消灭证据，直接带走不是更方便吗？况且砸碎玻璃，动静一定很大，虽然是深夜，可是也会引起别人的注意。所以我认为，凶手并不是故意砸碎鱼缸，而是不小心的。可能因为地滑，或者手滑，鱼缸掉在了地上，碎了一地。那么问题又来了，凶手何不把玻璃碎片带走呢？毕竟玻璃作为容器，曾经接触过血液，用鲁米诺试剂完全可以查出来。按理说应该带走，可是凶手却没有带走，这说明，**凶手并不是不想把玻璃碎片带走，而是无法带走。为什么无法带走呢？**"

说到这里，陈爔顿了顿，看了看我和宋警官。我们没有说话。过了一会儿，他才继续说下去。

"因为，时间不够。当凶手准备带走玻璃碎片的时候，突然发现，竟然有人接近厕所。凶手无法在短时间内收拾这满地的玻璃碎片。于是，凶手冒着风险，沿着窗外的管道爬了下去。请大家注意，这可是五楼，非常危险。凶手为什么不正大光明地走出厕所，反而要冒着生命危险沿着管道逃走呢？"

"为……为什么……"我已经完全放弃思考了。

"因为凶手是在女厕所。如果被人撞见，凶手就无法解释。"

"你的意思，凶手是男性？"

"没错，凶手是男性。所以许月霞的嫌疑排除，杀死戴小兰的凶手，就是林浩。"

好厉害。我无法形容自己的心情。陈爔太可怕了，这个男人，仅仅靠一堆玻璃碎片，竟然层层推理出了凶手的身份。

陈爔似乎意犹未尽，继续解释道："如果凶手是许月霞，她完全可以带走这些日后可能成为证据的玻璃碎片，因为唤来杨逸舟清理现场的人就是她。不知道你们还是否记得，杨逸舟曾说过，十二月七日那天，住院部二号楼的四楼女厕所和五楼男厕所的水管出现问题，没有自来水供应。林浩如果在行凶之后要清理鱼缸中的血迹并清洗鱼缸，必须找到有水的地方。四楼太危险，五楼是重症监护区，相对安全，所以他没有选择下楼清洗鱼缸，而是进了女厕所。令林浩没想到的是，四楼的女厕也因水管问题停水，许月霞只得走上五楼，来到女厕所。听到脚步声的林浩非常恐慌，忙翻出窗户，沿着窗边的管道爬了下去。"

办公室忽然安静下来，只能听见窗外雨滴拍打窗户的声音。

7

敞亮的咖啡店里流淌着舒缓的古典音乐，空气中弥漫着咖啡豆的香气。温暖的阳光透过玻璃窗融化在我身上，非常舒适。在这里，一天的时间好像被无限延长。往常，只要有时间，我一定会和陈燔来这家店坐一坐，各自看书，互不打扰，这样过一个下午。可是今天却是例外。五小时前，我绝对不会相信和我坐在这里的竟会是吴茜。

发生在平凉路综合医院的杀人事件，已经过去了两个多月，没想到她会来找我。

"韩先生，谢谢你。"吴茜说。我发现她说话的时候很喜欢低头，也许是习惯吧。

"谢我什么？"我故意这么说。

"如果不是你把医院的杀人事件写出来，恐怕我还会坚持自己去过地狱呢。说起来真有点后怕，那个看上去温文尔雅的林医生，竟然是杀人凶手。"

"杀人凶手难道还写在脸上？"我对这位林医生原本就无好感。

"据说是因为那个姓戴的女护士想和他结婚吧？奇怪，那林医生跟我聊过，他是单身，为什么不接受她呢？"吴茜把方糖丢进咖啡中，然后用汤匙搅拌。

我笑道："你有所不知。林浩从没想到戴小兰对他这样认真，甚至发展到抛弃男友想和他结婚的地步。林浩虽然在医院宣称单身，其实已有谈婚论嫁的目标了，就是禾氏集团的千金小姐。你想，如果他和戴小兰的事闹得医院人尽皆知，他和富家小姐的婚讯岂不泡汤了？按林浩自己的供词，刚开始他只是想用金钱收买戴小兰，谁知小护士不从，威胁他如果不与之结婚，就把林浩和她所有的丑事公之于众。林浩一怒之下，就杀死了她。"

"哎，男人真是可怕的动物……"

"对了，那个专门研究灵魂的郭泰麟教授还找过你吗？"

"别提了，为这事我还特别请他写一篇文章还我清白呢！自从他那篇《地狱的风景》发表出去后，不停地有媒体来采访我，还有出版商出高额的版税，让我写一本关于冥界地狱的书，都被我拒绝了……真是麻烦死了……"吴茜右手扶着额头，颇为苦恼地说道。

"哈哈，如果出版自传，我一定去买来支持！"

"你就别取笑我啦。对了，说说你的事。那位姓陈的教授是名侦探吧！一定破过很多恐怖的杀人事件，对不对？想想就刺激，你能不能说一点给我听听？你知道吗，我最喜欢听侦探故事了。"吴茜央求道。

面对美女的请求，我总是难以拒绝。我摆了摆手，说道："破案的不是我啦，是陈爔。他是公安局的刑事案件顾问，自然会协助他们参与很多案件的侦破工作。我是最近才和他跑现场的，不过你要听的话，我倒可以跟你说几件。"

"不如写下来吧！写成福尔摩斯那样的故事！"吴茜用她那双清澈

的眼睛凝视着我。

"写下来？"

我抬起头，仰望着咖啡店的天花板，心里已有了答案。

缄默之碁

1

在这个世界上，每个人的表达方式都有差异。遇到有趣的话题，有的人会滔滔不绝，也有人总是以沉默相对，而我的朋友陈爝却无法简单地用以上两种形式来概括。碰到困难的案件，他可以沉寂数日一言不发，也会口若悬河地说上几个小时。我承认他的思维跳跃，很多时候，我跟不上他的思考节奏。可是我宁愿相信，语不惊人死不休是陈爝的恶趣味。他喜欢看到别人惊讶的表情，并以此为乐。当然，如果他看见这篇文章，一定会断然否认，并用一些难以说服我的理由来试图为自己的行为做一番牵强的解释。

然而，让我证实这一点并确定的，正是发生在今年三月份的这桩莫名其妙的事件。

至于为何我会将这次案件用“莫名其妙”四个字来形容，读者诸君只要耐着性子看完这篇小说，自然会见分晓。

故事开始之前，先容我为读者介绍一位大人物。

我称这人为“大人物”，并无夸张之意。毫不夸张地说，在他的专业领域中，这个人简直是神一般的存在。他，就是有中国“棋圣”之称的马海云九段。

幼年时，我曾学过两年围棋，那时候就听闻过马海云的大名。二十世纪八十年代初，马海云便在中国围棋锦标赛中连获七次冠军。他的巅峰岁月是八十年代末，在中日围棋擂台赛上，他连胜数位日本围棋高手，震惊世界棋坛。一九九二年富士通杯决赛，马海云以八目半的优势战胜有"日本围棋第一人"之称的梅泽裕太,成为世界冠军。由于眼疾,马海云自一九九九年之后,再也没打入过世界大赛,可是他的对日不败传说被传颂至今,成为一段围棋佳话。之后,他又担任了几年中国围棋国家队总教练,二〇〇二年,为表彰马海云对围棋事业的杰出贡献,国家体委和中国围棋协会授予他"棋圣"称号。

就是这位棋坛传奇,竟然和陈燔相识已久,对我来说真是如做梦一般。

马海云九段在上海金山区拥有一栋很大的豪宅,目前是一个人独住。夫人去世后,他雇了一名女佣来替他打扫卫生,有时会做些饭。毕竟马海云年纪大了,而且老年病也多,什么糖尿病、高血压,一直困扰着他。这样的独居老人,必须有人来照顾。

陈燔在洛杉矶时,常与他书信来往,探讨棋艺。当然,单论围棋棋力,十个陈燔,恐怕也不是马海云九段的对手,围棋只是陈燔空余时间拿来锻炼头脑的游戏罢了。这天,也不知陈燔哪根筋搭错了,非要去金山拜访马海云。

"太冒失了吧?你去别人家做客,事先不打招呼吗?"我表示反对。这样做,于情于理都说不过去。只有像陈燔这种情商极低的人才会觉得没有问题。

果然,他一脸无所谓的样子,对我说:"马老说我随时可以去拜访,没问题。"

"那只是客气,你懂吗?"我没好气地说,"其实他并不这么想。每个人都有自己的安排,你这样鲁莽的行为,会给马老师带来困扰的!"

陈燔摇摇头,说道:"他平时不太出门,偶尔会邀几位棋手来家中做客,不会有安排的。你放心吧,我和马老相识也不是一日两日,对他我还是很了解的。"

凡是陈熠打定主意的事,世界上没人可以改变,我也一样,最后还是妥协了。

从镜狱岛回上海后,我们几乎没有出过家门。陈熠打电话问警局宋伯雄警官借了一辆马自达轿车,我们就这么上路了。天空中细雨蒙蒙,已经持续两天了。如果没记错的话,从昨天下午起,这场雨就没停过。

从市区到金山,行驶了两个多小时。陈熠的车技很差,驾驶速度又慢,竟可以让我这种从不晕车的乘客晕车,由此我怀疑他的运动细胞一定不怎么样。

路上百无聊赖,我翻开随身携带的报纸,看见这样一则新闻:

本报讯(记者戴智文)3月15日晚,上海金山区一名18岁张姓男青年失踪,当地公安部门发动群众连夜寻找,仍没有发现张某踪迹。张某的家人在警方协助下,通过监控发现了张某当天的行踪,并将张某最后出现的地点,锁定在金山区石化街道某条道路上。可惜,最后的搜索依旧没有发现张某。据悉,张某是美术学院的在校生,平时爱好广泛,这次踪迹不明令家人十分费解,平日里听话的好学生为何突然离家出走……

我把上面这则社会新闻念给了陈熠听,他却心不在焉。

"这种失踪案每天都在发生。"陈熠打着方向盘,视线向前,"你是不是想考考我,仅凭报纸上的讯息,能否找到这个大学生?"

"怎么样?接受挑战吗?"我笑着问他。

"不可能。"陈熠摇头,"只有这点线索,福尔摩斯再世也没办法。"

"就是认输咯?"我哈哈大笑,"看来名侦探也有力不从心的时候。好啦,我再看看有没有谜团可以让你挑战一下的。"很快,我又在报纸上找到一则新闻,是关于杀人案的。这则新闻吸引我的地方,是它的标题——《惊现密室杀人!知名外科医生惨死家中!》。

　　本报讯(记者戴智文)21日中午,上海徐汇区一栋高档公寓楼中发生杀人事件,死者系某医院著名外科医师宋某。记者从徐汇区公安局获悉,21日下午3时许,该局接到一名快递员报案,称其从宋某房门门缝处看见血液流出,怀疑有人受伤。该局迅速组织民警赶赴案发现场。经查,死者死因系动脉破裂大出血,死亡时间约在当日10时至12时,进入现场时房门从内上锁,凶器仍插在死者胸口处。因为刀刃刺入胸口过深,法医认为绝非死者自己所为,可现场却处于密室状态,这令在场的警员纷纷感到不解。目前,该案仍在侦办当中。

"这个怎么样?"我又读了一则新闻给陈燨听,"密室杀人啊!竟然在上海市区内发生了密室杀人!不可能犯罪可是你的强项啊,有没有思路?"

"没兴趣。"陈燨只说了三个字。

我冷笑道:"不是吧?你竟然会对有着这样谜面的案件没兴趣?"

"韩晋,你知道在这个世界上,每天会发生多少杀人事件吗?我或许不应该浪费太多时间在这上面。"陈燨满不在乎地说道。

"也是,还有好多世界级的数学难题等着你去解决呢。"我用略带讽刺的口吻说道。

陈燨笑了笑,没有接我的话。

马海云的住所地址，虽然只同陈燔说过一遍，但他记得很牢。陈燔对于数字，比如街边的门牌号过目不忘。有时候我们去过的餐厅，我根本不会去注意它是什么路几号，但他每次都能够准确无误地回忆起来。

到达马海云家的时候，大约是下午两点。把车停在路边的停车位，我和陈燔穿过一条小径，往他家走去。虽然雨已经停了，可是脚下的路依旧泥泞不堪，我新买的白球鞋底沾满了淤泥，让我心里很不痛快。林间小径留下了我和陈燔的脚印，远远看去像是一条蜿蜒在路上的大蜈蚣。

脚下的路有些湿滑，我每一步都踏得十分小心。小径两边的树木被雨水冲刷得很干净，路边的小草青翠嫩绿，周围的空气里，也带着一股沁人心脾的草香味。和陈燔不同，我特别喜欢雨后的世界，好像所有的一切都焕然一新，显得生机勃勃。我还有些奇怪的爱好，比如窗外暴雨如注，我则喜欢躺在沙发上，安静地读一本小说，对我来说，这真是至高无上的享受。

走了五六分钟，我们来到马海云豪宅的门口。

"好大的房子！"我忍不住赞叹道，"比我们住的地方还大呢！"

这是一栋用红砖砌成的小楼。约三层高，坐落在树林中，颇有世外桃源的感觉，显得别具一格。房屋的顶部由青色的瓦片组成，很正气，和房屋本身的颜色很搭。这房子虽说不上金碧辉煌，却也古色古香，优雅不俗。

陈燔没有说什么，面无表情地整了整衣领，然后轻轻地摁下了门铃。

2

出来应门的是一位满头银发的老者，额头的皱纹很重，但精神抖擞，特别是一双炯炯有神的眼睛，闪烁着智慧的光芒，机敏中带着些许狡黠。这人就是马海云九段吧，我心想。他先是打量了我一番，然后把目光投射到陈爝身上，表情旋即舒展开来。

“小陈，是你啊！”马海云咧开嘴笑了起来。

“今天左右无事，想找马老指教几盘棋。不知道有没有打扰到你？如果不方便的话，我下次再来。”陈爝客气地说。

“哪里有什么事！”马海云朝陈爝摆了摆手，然后看着我笑道，“请问这位是……”

“是我的一位朋友，名字叫韩晋，一直很仰慕马老，所以今天死皮赖脸求着我来见你。”陈爝这么说，我也不方便反驳，只能呆呆地赔笑。

马海云和我握手，笑着说：“我老了，不中用了。现在的棋坛，是年轻人的天下。”

我忙摇头道：“哪里，您老是中国棋坛的传奇，能见到您本人，真是我三生有幸。”

他看上去比电视上个子还小，让我想起了《西游记》中的土地公公。

马海云说外面站着太凉，招呼我们进屋。他还说，女佣两周前回老家，他一个人住，所以很多地方都没有打扫，让我们见谅。可在我看来，这栋房子的卫生工作，可是比我和陈爝住的地方好上几百倍了。

他们家的沙发很软，坐着非常舒服。只是隐隐约约，有一股类似汽油的味道，我想可能是从窗外飘进屋的吧，也没有在意。

“喝点什么吧？”马海云看着我们，“咖啡、红酒，还是果汁？”

“果汁吧！”我提议道。

“请稍等。”马海云转身走进了厨房，过了一会儿出来，递给我和陈爝两杯鲜橙汁。

可能是因为今天没怎么喝水，我拿到果汁后便一饮而尽，然后马老又给我满上一杯，这让我略显尴尬。

"小陈，你怎么看人工智能围棋？"马海云突然冒出这么一个问题。

看来，最近英国开发的人工智能AlphaGo对战韩国棋手李世石的新闻，也引起了马海云的注意。自从IBM的"深蓝"计算机首次击败国际象棋世界冠军卡斯帕罗夫，成为人工智能战胜人类棋手的第一个标志性事件后，近二十年间，计算机在诸多领域的智力游戏中都击败过人类。但在围棋领域，人工智能却始终难以逾越人类棋手。

围棋每一步的可能下法非常多，不同于象棋，即便最先进的计算机也难以穷尽所有可能性。但是AlphaGo是通过蒙特卡洛树搜索算法和两个深度神经网络合作来完成下棋的，也就是说，并非单纯的数据录入，而是真正的让计算机在对局中，自己学习。

"真是没有想到。"马海云自顾自说道，"李世石竟然会输。我曾预言，计算机要在围棋上击败人脑，还要一百年。没想到短短几年，竟然能达到职业棋手的水平。小陈，你当年的预言是对的，人工智能在某些领域，终有一天会把人类远远甩在身后。"

"我倒不这么悲观。"陈燨笑道，"无论怎么说，人工智能也是人类创造的，AlphaGo击败李世石，不是它的胜利，而是全人类的胜利。对了，马老，你是刚到家吗？"

马海云怔了怔，然后缓缓点头道："是啊，你怎么知道？我是昨天下午，从北京回上海的。"

陈燨指了指大门口，说道："你的行李箱还没收起来呢。"

"哈哈，真是老糊涂了！"马海云拍了拍脑袋，自己都觉得好笑。

接着，他们又开始谈论棋坛最近的新闻。我把杯中的橙汁喝完，还想再来一杯。陈燨瞪了我一眼，说道："你怎么像个水桶？"

我反驳道:"早上就没喝水,渴死了。"说完,我朝他晃了晃手中的空杯。

"橙汁没了,喝苹果汁吧?"马海云看着我的空杯,询问道。

"不了,不了,连喝两杯,我的肚子快要破了。"我忙摇手说道,"马老师房子这么大,不如让我们参观一下吧?"

"行啊!"马海云答应得很痛快,"看看就看看,不过也没什么可观的东西。"

我们两人跟在马海云身后,将一楼的房间逛了一圈。

首先引起我注意的是马海云供奉在客厅的佛像。两尊二十五厘米左右的银鎏金佛像栩栩如生,庄严肃穆,我看在眼中,不由得双手合十,朝佛像鞠躬。陈燔看着佛像,像是在思考什么。我见他不说话,便拍了拍他的肩膀,故意考他:"据说你对佛学有过研究,这两尊佛的名称,想必你一定知道吧?"虽然嘴上这么讲,实际上我自己都喊不出名字。之所以专门问,其实就想逗逗陈燔而已。

谁知他却很认真地答道:"左边的是观世音菩萨,右边的是阿弥陀佛。"

"你们在说什么呢?来这儿看看吧!"见我和陈燔在佛像前止步,马海云便叫道。

"来了。"我推了一把陈燔,朝他走去。

客厅左边的屋子是一间大书房,有四个大书柜并排立着。马海云除了围棋之外,还倾心国学,书架上尽是经史子集。除此之外,还有不少国外文学作品,一套精装的《陀思妥耶夫斯基全集》,还有巴尔扎克的《人间喜剧》选集。书柜对面放着棋盘,看来平日里他会在这里打谱练习。

"书可真多!"我由衷赞叹道。

"哪里哪里，好多书买来都没读呢。论阅读量，我可比不上小陈。"马海云谦逊地说。

出了书房，右侧是一面玻璃墙，墙中镶嵌着一扇推拉门，而门外则是露天的私人游泳池，周围有砖墙围绕。马海云向我们介绍说，从前每天会游泳两小时，现在年纪大了，也游不动了。因为刚下过雨的关系，瓷砖很滑，我们看了一眼就离开了。

接着准备上二楼，陈熠突然问道："马老，你最近是不是关节又不舒服了？"

"关节？没有啊，我关节一直很健康。"马海云瞪大了眼睛，表情有些莫名其妙。

陈熠指了指楼梯说："没事，我只是担心你年纪大了，经常走楼梯是否吃得消。"

"这点你放心啦，我对关节的保养一直很注意的。"马海云的口气略带自豪，"前几天，我的学生还送氨糖给我吃呢！氨糖你知道吗，保护关节的？"

"保健品嘛，我知道。"陈熠点头，"对了，马老，今天除了我们，你还有其他访客吗？"

"没有啦，就你们俩来。我这儿平日里也没什么客人，冷清得很。"马海云说道。

相比一楼的书房，二楼的房间就略显单调。大部分都是客房，陈熠经过每个房间，都会悄悄地把窗户打开，伸进头去探望片刻。我问他为什么这样，他也不说，神神秘秘的。马海云的奖杯陈列室在三楼朝南的房间里。说实话，踏入这个房间的时候，我震惊了。各种赛事的奖杯让我目不暇接，金灿灿列成一排，诉说着马海云曾经的荣光。

马海云不厌其烦地给我们介绍他的战绩，每个奖杯的由来都讲得清清楚楚。什么赛事中击败某位名将，什么情况下被他逆转，在他口中说得有声有色，恍如昨日般。我也听得极其认真，毕竟像他这样的传奇人物，不是随随便便就能见到的。可是陈燏却有些心不在焉，仿佛有心事。我问他，他也不说，我真是自讨没趣。

"现在下围棋的人越来越少啦。"马海云不无感慨地说道，"所幸这次AlphaGo事件，让世人重新认识了围棋，让很多小朋友开始学棋。这么看来，AlphaGo也算是功德无量了。"

"马老师，你觉得人工智能会替代人吗？今后的围棋界，是不是AlphaGo的天下了？"我问道。

"人工智能围棋，不能掩盖围棋深厚的文化内涵，哲学、战略、谋略，这些才是围棋最具魅力的东西。我不认为AlphaGo可以替代人类，它只是一组程序而已，是没有灵魂的。真正的围棋是有灵魂的，是精神上的东西。可能我说得有点玄乎，抱歉。"

"不，我也是这么认为的。"我用力点头。

"咦，小陈，你怎么不说话了？"就连马海云都注意到了陈燏反常的表现。看来这次不是我太过敏感。

"没事。"陈燏挠了挠头发，"马老，我们下一盘吧。"

"还要跟我下？不让子？"马海云笑了，看来之前陈燏败得很惨。

"不用让子，我们光明正大地对决一次吧。"

陈燏看着马海云，口气不像是在开玩笑。

3

陈燏执黑，马海云执白。

刚开始，两人下子很快，陈燏第一着走星位，第二着走邻角小目，是典型的中国流开局。马海云则以星位、飞挂来应对。虽然陈燔表情严肃，可我知道这盘棋没有悬念。业余水准的陈燔怎么可能战胜拥有"棋圣"称号的马海云九段呢？简直是无稽之谈。反观马海云，倒是表情轻松，俨然一副围棋宗师的样子。

我的棋力太弱，他们缠斗中的玄机，我是看不明白的。不过我也是能分辨形势的人，陈燔开始没多久，就选择和马老在右上角缠斗，眼看就要死一大片，忙脱先，在一个无关紧要的地方下了一着。我完全不明白他的用意。

"你这个想法倒是有趣，不过太冒险了。"马海云对陈燔刚才那一着，似乎赞誉有加。

"不然就完了，有时候必须冒险，不是吗？"陈燔没有抬头。

马老表情微微变化，食指和中指夹起一颗白子，啪的一下"立"在陈燔那颗黑子边上。

——要开始拼了吗？

陈燔站起身来，对马海云说："我要上个厕所。"

"在那边，厨房那边。"马海云用手指了指方向，陈燔便过去了。

"有进步啊。"陈燔走了之后，马海云感叹道，"如果他没有选择念书这条路，而是跟着我下棋，成就恐怕不在我之下。"

"马老师，你说的是陈燔？"

我没想到棋坛第一人对陈燔的评价如此之高，我一直认为陈燔只是个三流的围棋爱好者而已，棋力至多只是下得过我罢了。

"很多事情都是这样，讲天分。"

"围棋也需要天分吗？不是练出来的？"我问道。

"练习固然重要，但是从我个人的角度来说，我更欣赏那些天才。是的，这个世界从来不公平。人生来智商就有高低，运动员跑步的速度、爆发力也是无法靠训练改变的，棋感也是。像吴清源这样的棋神，在其他孩子还在穿开裆裤的时候，就拥有一种别人无法企及的棋感，正是靠着这种类似直觉的东西，他才能以十一岁的年龄，接连战胜段祺瑞门下的众多围棋高手，又以十九岁的年龄东渡日本，在十番棋擂台击败了当时日本国所有超一流高手，雄踞‘天下第一’的王位。”

看来，马海云是一个坚定的天才论者。我并不是反对这种论调，只是觉得这种理论太令人绝望罢了。像我这样平庸的人，难道就没有活在世界上的意义了吗？难道我的存在，仅仅是为了突出天才的睿智？这是我永远不愿意去面对和承认的。

“不好意思，让你们久等了。”陈爝坐下后，毫不犹豫地下了一着。

我想，他或许是躲厕所去思考对策了。

嗒——

嗒——

嗒——

落子的声音交替着在我耳边响起。

陈爝陷入了苦战。

中盘几乎全军覆没，如果他想不出更好的办法，这盘棋几乎可以认输了。就连我这种不太会数子的人都能看出，差距太大了。

可是，从他的脸上看不出任何表情。

“还准备继续挣扎吗？”马海云忍不住，说了一句，“这盘棋，几乎没有生还的希望了吧？为什么你还这么执着？”

“我觉得还有机会。”陈爝冷冷说道。

“没必要进入官子了吧？你从第二十六手开始就出现了失误，等会儿复盘的时候我再和你讲。大局观比之前好了很多，可是还有不少昏着儿。”

马海云自顾自开始讲解起来。

嗒——

陈燔没有回应他,而是又下了一着,在天元!

竟然在白子环伺的腹地,下这么一着孤立无援的棋,简直莫名其妙!我完全蒙了!

"小陈,你在想什么!"马海云也皱起了眉头,口吻略有责备的意味,"你是在胡闹吗?"

"不,我很认真。"陈燔说。

马海云摇了摇头,显得非常失望。他迅速地提起一颗白子,刚准备落下,可手却在半空中停住了。时间像是凝固了一般,他夹着白子的手,腾在半空中,上也不是,下也不是。我能看见他的眼球在迅速转动,眉心皱成了一团。

终于,他把白子放回了原处。

陈燔像是毫无意义的一步棋,竟然让马海云陷入了沉思。可是以我的棋力,完全无法理解这步废棋的意义。

"你为什么要这么做?"

——什么?

我望向陈燔,确定这句话是从他嘴里说出来的。

马海云似乎也感觉到了异常,问道:"你刚才说什么?你是说我刚才那步棋吗?"

陈燔缓缓抬起了头,看着马海云。

"马老,你为什么要杀人?"

——他在胡说八道什么?难道脑子坏了吗?

被陈燔胡言乱语吓到的不仅是我,还有马海云。他先是表情略微尴尬,接着勉强挤出了笑容,对陈燔说:"你在开玩笑吧,小陈?"

"我没开玩笑。"

"陈燔,你疯了吧!"我冲着他大喊,希望他能清醒一点。难道是因为输棋,所以把脑子急坏了吗?

"我不明白你的意思。"也许是意识到陈燔并非和他闹着玩,此刻的马海云也收起了笑容,直起身板。

"好吧,马老,既然你听不明白,那我就说得更清楚一些。"

陈燔顿了顿,接着吸了口气,一字字说道:

"你,就是杀死宋医生的凶手!"

4

房间里的空气仿佛凝结了。不仅如此,时间也停止了。

我的脑袋仿佛被闪电击中般,开始嗡嗡作响,心脏也随之更猛烈地跳动起来,就连胸腔都能感觉到它的震动!太意外了!简直太意外了!为什么陈燔突然说出这种话?完全没有逻辑关系!宋医生不就是那起密室杀人案的死者吗?棋坛传奇马海云为什么是凶手?

"小陈,我还是听不太懂。你说我杀了宋医生,真是冤枉我啊!我连宋医生是谁都不知道,怎么去杀他呢?"马海云摊开双手说道。

"你当然认识他。"陈燔斩钉截铁地说。

"陈燔,难道你来拜访马老师,就是为了这个案子吗?隐藏得可真好,我在车上把报纸给你看的时候,你还说没空呢!"我抱怨道。

"不,韩晋,你错了。"陈燔缓慢地摇了摇头,"我也是进入这栋房子之后,才知道马老是杀人凶手的!"

"怎么可能……"

"我有必要撒谎吗?"陈燔冷静地说。

"好!"马海云双手环抱在胸前,认真地说,"你既然说我是杀人凶手,一定有你的理由。我就来听听,你凭什么这么讲!"

陈燨并不急于开始他的演讲,而是伸出手掌,做了一个"请"的姿势。我这才明白,他是想邀请马海云继续下完这盘未完成的棋局。可是此刻的马海云哪里还有心思,随手拿了一颗白子,稍稍思考片刻,便啪的一声,用力敲打在棋盘上。

"最初引起我怀疑的,是一杯橙汁。"陈燨拈起一颗棋子,慢条斯理地说。

"橙汁?"我想起了自己因为口渴,在这里喝了两大杯橙汁。

"是的,韩晋,所以我说你的观察力太差。马老在厨房为我们倒橙汁的时候,我看见了那瓶饮料,是市面上常见的果汁系列,也就是十六升装的大瓶。"

"那又怎么样呢?"我莫名道。

"马老递给我们的玻璃杯,和我们家的是同款,四百毫升的容量。怎么样,说到这里,你应该明白了吧?"陈燨看了我一眼。

我对着他摇头。

"我们进屋之后,马老为我倒了一杯橙汁,为你倒了两杯,也就是从一千六百毫升的瓶子里倒出了一千二百毫升的饮料。"

"是啊,这有什么问题?"

"可是,当你还要喝的时候,马老却说橙汁没了,只有苹果汁。"

我似乎明白了什么,战战兢兢地说:"你的意思是,少了一杯橙汁?"

"严格来说,是少了四百毫升的橙汁。"陈燨补充道。

"会不会是马老师自己喝的?"

"不可能,我之前说过,他有糖尿病,不能喝这种饮料。"

"那么，会不会是女佣走之前喝的？"

"女佣是在两周前走的，而我看到饮料的生产日期是在前两天。所以不可能。"

"那你的意思是……"

"很简单，这瓶一千六百毫升的橙汁是被打开过的，而且倒了一杯给某人。马老刚从北京回来，从生产日期来看，应该是回上海时从超市带回家的。自己不能喝，就是专门用来招待客人的。所以我的结论是，在我们来之前，有人曾经拜访过马老。"陈燨把视线移到马海云身上，"但是你却说，除了我们，没人来拜访过。你在撒谎。"

说完这句话，陈燨又在棋盘上下了一着。

汗水从马海云额头渗出来，他用袖口抹了一下，说道："就算是有人来拜访过我，我不想告诉你，这总可以吧？为什么你说我杀人了呢？小陈，你这根本是胡乱猜测嘛！"说完，马海云也下了一步棋。

"不是猜测，是靠逻辑推理。"陈燨解释道，"马老，你总算承认在我们来之前，有人曾拜访过你了，这很好。我继续。韩晋，你还记得我们来之前，雨刚刚停吧？据我所知，雨是从昨天下午三点下到今天下午一点，这点没错吧？不信的话可以去查天气预报。可奇怪的是，我和韩晋来拜访你的时候，通往你家的小径上却没有任何脚印。如此泥泞的土地上，怎么会不留下拜访者的脚印呢？"

陈燨说到这里，在马海云刚才下的白子边上，长了一步，继续道："我还考虑过其他可能性，比如来访者翻窗离开这栋房子。可是我打开了二楼几乎所有的窗户，一个脚印都见不到。这么看来，答案就呼之欲出了。某个人来拜访你，但是，他却没有离开。换句话说，他还在这栋房子里。"

我想到马海云曾说，他昨天才从北京回到上海，回家后就没出过门，所以小径的路上也没有他的脚印。

马海云低着头看棋盘，我注意到他的肩膀微微颤抖。

"小陈，你的想象力真的很好。可是很遗憾，我真的没有杀人，这栋房子里，也没有什么来访者。"他没有抬头，只是轻声地说话。

"是啊，刚才马老师带我们参观了所有房间，可是完全没有见到你说的'来访者'，这一点你又怎么解释呢？"我对陈燏的推理提出了质疑。

"韩晋，我们真的看清楚所有房间了吗？"陈燏大声说道。

"难道还有漏看的地方吗？"

"当然，那个地方太适合匿藏一个成年人了。"

"难道说……"我怔住了，突然明白了陈燏的意思，"游泳池？你是说游泳池里藏着一个人？不，我们已经在这里待了好几个小时了，就算我们进屋的时候他是个人，现在也已经是一具尸体了吧……"

陈燏点了点头。

嗒——

马海云贴着陈燏的黑子，下了一步。他说："小陈，你是说躺在游泳池里的，就是什么宋医生吗？"

对哦，如果不是马老师提醒，我还忘了陈燏最初说的话呢！明明宋医生的尸体是躺在徐汇区的家中，为什么又出现在了马老师的游泳池里？我向陈燏提出了以上疑问，又多问了一句，如果马海云是凶手，那么凶器又是什么呢？

"我们一步一步来，别急。"陈燏说，"韩晋，你还记得那两尊银鎏金的佛像吗？"

"当然记得，左边的是观世音菩萨，右边的是阿弥陀佛。"我把陈燏对我说过的话，又重复了一遍。

"是啊,有观世音菩萨,有阿弥陀佛,可是,还少了一尊。"

"少了一尊?"

"是的,这个位置原来放置的,应该是西方三圣[①]:中间是阿弥陀佛,左边是观世音菩萨,右边为大势至菩萨。供奉佛祖的马老不会连这点常识都不知道吧?可是,原本应该出现在最右侧的大势至菩萨却不见了,阿弥陀佛佛像变成了右边。那么,马老用沉甸甸的佛像干了什么,恐怕不需要我再赘言了吧?"陈燨自信满满地说道。

我把目光投向马海云,发现他一言不发,嘴唇在微微颤动。

5

"他把铜像捆绑在死者的尸体上?"我用舌头舔了舔干涸的嘴唇,不知为何,好像又渴了。马海云把雕像丢入裹尸袋中,增加了总体密度,好让尸体沉入水底。

这时,马海云开口道:"小陈,开玩笑也要有个限度。"

我注意到,马海云的表情起了变化,从一开始的尴尬,慢慢转化为愤怒的模样。至于那盘未下完的棋,似乎被他抛诸脑后了。

"但是你还没回答我刚才的疑问啊?为什么马老师杀死了宋医生,可是他的尸体却出现在徐汇区的家宅中,而你却又说被害者的尸体沉在湖底,到底哪句话是真的?"我试图理清自己的思路。和陈燨对话,大脑总会被他那跳跃的思维搞乱。

"我说过宋医生就是'来访者'吗?"陈燨反问道。

"可是你明明刚才说过马老师是杀人凶手……"

[①]西方三圣又称阿弥陀三尊,由中间的阿弥陀佛,左边的观世音菩萨,右边的大势至菩萨组成(此处的左和右是指阿弥陀佛的左边和右边)。

我还未说完,便被陈燏抢去了话头。

"韩晋,我看是你搞错了。宋医生和'来访者'不是同一个人,而是两个人。换句话说,马老并不只杀死了一个人,而是两个。"陈燏伸出了两根手指,示意道。

"两个……"我惊愕得说不出话。

"你是否还记得,我们拜访马老的路上,你读过两篇报道?其中一篇是讲述宋医生被杀案件,另一起是讲述失踪案?"

"我当然记得,失踪的是一名美术专业的大学生。"我立刻回道。

"没错。"陈燏点了点头,"报道怎么说的,你还记得吗?失踪者张某最后一次出现,是在金山区,也就是这里……"

"等等,我认为你的推理有些牵强!"我打断了他,"金山区多大你知道吗?就因为在这里失踪,你就怀疑是马老师下了毒手?动机呢?马老师这种身份的人,何必去设局杀死一个无名小卒?"

陈燏并没有因为我打断他的叙述而生气,反而笑了。"当然,我不敢肯定,但是我有理由怀疑。"

"什么理由!"

"沙发上的气味,韩晋,难道你没闻到吗?"

确实有股奇怪的味道,进屋坐到沙发上时,我就闻到了。

"是松节油。"陈燏说。

"不好意思,我没听说过。"

"因为你从不画油画,当然不会听说。松节油经常用来洗画笔,所以美术生会经常用到。因为它的味道太大,并且价格昂贵,所以一般情况下,美术生都会用报纸来擦拭画笔上的油画颜料。但遇上擦拭不了的情况,就会用这种油来洗。"

"用油洗笔?好吧,你的意思是……失踪的张某曾经坐过这张沙发，所以留下了气味？"

"不，我认为不是这样的。因为气味不会残留这么久，沙发上的松节油，是马老弄上去的。"

"为什么？"

"因为美术生身上的颜料沾染到了沙发上，所以必须用油来清洗。如此一来，我们又可以推理了，为什么颜料会沾到沙发上？我们知道油画颜料不容易干，但也不会持续太久。所以我们可以得出一个结论——美术生是在画画时，突然接到马老的邀请，来到这栋房子的。"

"难道松节油只有这一个用途吗？"

"当然不是。松节油是一种工业原料，还可以用于生产油漆、催干剂、胶粘剂等工业制品，但都不符合现在的情况，这里没有装修的痕迹。另外，松节油还可以用于缓解关节痛、神经痛等疾病，所以在上楼的时候，我特地询问了一下马老最近关节有没有问题，他说没有。"

说到这里，陈燨又看了一眼马海云。

"可你还没解释，马老师为何要杀死这位姓张的美术生啊？完全没理由吧？"我还是不能接受这个结论。如果真是这样，那也太巧合了吧？

"有啊，杀人当然有理由。"

"我想不明白！"我抱怨似的说。

"听好了，韩晋，这个理由虽然有些奇怪，却是唯一能够解释这一切的。"陈燨说这句话时，略微提高了音量，"马老杀死这位年轻的学生，是因为他需要一具尸体！"

需要一具尸体？这算什么动机？

说完这句话，陈燨又拿起了一颗黑子，下到了白子的腹地。

等等，这一步是——脱骨！

所谓脱骨，是围棋死活问题中一种独特的棋形，在对方提掉自己的数子后，再反过来叫吃，擒住对方数子，是绝地求生的一种下法。我终于理解陈燏一开始为什么会胡乱下子了，原来他早就谋划好了这一步棋！

白子被吃掉了一大片……

马海云也呆住了，不过我能看出，他的心思早就不在这盘棋上了。

"因为马老没想到宋医生的案件，会变成密室杀人！"

陈燏又说了一句莫名其妙的话。

"别再说了！"

马海云发出了与他性格不符的粗暴声音。我被吓了一跳，险些从沙发上摔下来。

"求求你了，小陈，不要再说了。"他用很低的声音重复了一次。

陈燏不理会马海云的反抗，继续说道："以下是我的推测，如果有不符合的地方，请随时指出。马老杀死宋医生后，害怕警察迟早会查到自己身上，所以必须制造一起意外——在自己家游泳时，被淹死的意外。这是很常见的诡计，他回家的路上遇见了正在为了艺术理想流浪的张某，或许这时张某正在作画，身上被颜料涂得到处都是。马老向张某提出了邀请，张某也认出了这位在棋坛德高望重的国手，于是欣然前往马老的住宅。这位年轻的画家一定想不到，等待他的，竟然是死神的召唤。来到马老住宅后，马老为他倒上了一杯饮料，并且在饮料中下了药。张某喝下饮料后昏睡不醒，此时，马老用凶器击打了他的头部，然后将之沉入水底。马老，今天或许你正打算外出，从这个世界消失，谁知我和韩晋竟然突然拜访，打乱了你的计划……"

不知从哪里吹来的风，让我起了一片鸡皮疙瘩。眼前慈祥的老人，竟然是连续夺取两条人命的冷血杀手，真是难以置信。

"什么密室杀人……"沉默已久的马海云开口说话了,只是声音还是很轻。

"其实,根本没有密室这回事儿!"陈燔耸了耸肩,"警方搞错了。宋医生被你杀死的时候,其实没有断气,是他自己关上了那扇门!"

是"内出血密室"!这五个字从我脑海中跳了出来。

"为什么……"马海云看上去苍老了许多,像是在祈求一个答案。

"因为愧疚。"陈燔也心痛般地闭上了眼。

"愧疚?"马海云低声重复了一遍,露出了痛苦的表情。不知道是因为被陈燔揭穿,还是由于棋盘上的失利,让他陷入了深深的绝望之中。

"是对于你妻子的愧疚。"

陈燔往后仰躺在了沙发上,仿佛这句话耗尽了他所有的力气。

6

此刻,我端坐在书桌前,马海云事件的种种画面如同电影片段般在我眼前闪过,宛如昨日发生的一样。

警方带走马海云的时候,他显得很平静,似乎早就知道会有这样的下场。他对陈燔说,原本是打算去国外的,然后长叹一声,苦笑说,当初真不应该让我俩进门,自己果然没有谋杀的天赋。陈燔点点头,表示认同,说杀人和围棋虽然看上去都是设局,终究还是不同的。又问他,为什么当时要开门呢?完全可以假装没人在家啊。

马海云听了这个问题,笑着说:"因为,我还想和你下一局。没想到,我还是输了。"

陈燔说:"是我胜之不武,否则我怎么会是你的对手。"

这次的事件落幕后,陈燨好几天都郁郁寡欢,终日不语。

有一天,为了逗陈燨高兴,我故意说道:"你都赢了围棋世界冠军,今后可以在棋友面前炫耀一番了吧?"

谁知陈燨却摇了摇头,苦笑道:"以我的水平,怎么可能赢马海云呢?"

"虽然是因为他心神不宁才输掉了棋局,但也是输了啊!"我大声说道。

"马老可没那么容易被打败。"

"可是……"

"韩晋,你还不明白吗?"陈燨看着我的眼睛,"他是故意输的。"

"故意?为什么……"

"你还记得吗?当时在马海云家,我们并没有讲到凶器在哪里。"

"没错。"我回想了一下,确实如此。

"其实一开始,我也被骗了。直到最后被我'脱骨'成功,我才发现,马老是故意要在中盘结束战斗。因为如果到了官子阶段,他的秘密就会暴露。"陈燨口气很认真。

"暴露什么?"我不明道。

"围棋的黑白子,各一百八十枚,总数三百六十枚。"陈燨说,"如果中盘投子认负,那么并不需要将棋子下尽,就可以结束战斗。但如果下到官子阶段,那么就会出现一个问题,我手中的棋子数量会不对劲,最后会无子可下。"

"为什么会无子可下?你的意思是,马海云拿走了这些棋子?"

我突然明白了陈燨的意思。

"是的。"他点点头,"马海云用了一些棋子装进了袋中,当作凶器,袭击了张敬浩。"

至于马海云的杀人动机，很晚才由唐警官告诉我们。

马海云的发妻名叫李雪，因为盲肠炎被送入医院诊疗。谁知在手术开始前就死在了手术台上，是全身麻醉的时候出现了意外，导致死亡。而现场的麻醉师名叫宋硕，也就是宋医生。李雪身体健康，并无药物过敏，这次的事件让马海云觉得有蹊跷。他多次就此事询问院方，但都没有得到回应。他想去告医院，可是自己在手术前签署过风险协议，就算上了法庭赢面也不大。律师也劝他息事宁人。

无法承受丧妻之痛的马海云从起初的悲恸，慢慢转化为愤恨。他把一切都怪罪到了那位医生，亦即宋硕身上。他筹划好了一切，准备杀死宋硕后，再行自尽。他来到宋硕的公寓，冒充物业工作人员进入了宋硕的家中，趁其不备杀死了他，然后离开了现场。宋硕临死之前认出了他，毕竟是名人，再怎么掩饰都会露出破绽。但是宋硕并不恨他，甚至在最后用实际行动原谅了马海云——替他关上了门，并从内部反锁。

这样，现场就成了一个密室，警方会以自杀结案。至少宋硕当时是这么想的。作为麻醉师，那次事故可以说是他职业生涯的一个污点。意外发生后，宋硕可以说是天天受到良心的谴责，并质疑自己的职业水准。

杀死宋硕后，马海云准备回家，在路上，他遇到了名叫张敬浩的美术生。突然，他冒出了一个邪恶的念头——何不让这个小子当我的替死鬼呢？杀完人之后的马海云头脑清醒了，他不想死，不想自杀，但又害怕警方顺着复仇这条线，追查到他。唯一的办法就是找一个替死鬼，让世界上所有的人都以为马海云死了。那么，警方就会放弃追查。而这种四处流浪的小毛孩根本没人会关心，多一个少一个，都不会有人注意。

当然了，两个人年龄相差很大，想让警方误认尸体是很难的。事到如今，我不知道马海云杀死张敬浩时，究竟是怎么盘算的，心里又有着怎样的感受。是内疚的、痛苦的、挣扎的，还是欣喜的、无所谓的？我宁愿相信前者。虽然和他只有短短几个小时的会晤，可是我认为马海云内心深处，还是一个善良的人。因为我始终相信，达到棋圣境界的人，一定是个仁者。只是他一时迷途，像是在棋盘上的一记昏着儿。马海云走错了方向，导致满盘皆输，也毁了自己的一生。

窗外夕阳西沉，偶尔还会传来微风。
我拿出了沉寂已久的棋盘，想换一种方式，来怀念这位只有一面之缘的前辈。

绞首魔奇谭

1

作为曾经的加州大学洛杉矶分校数学系的副教授,同时又身兼洛杉矶警察局的"犯罪刑事顾问"的陈爝,回国之后,还协助上海警方侦破了不少恶性案件。身为他的室友兼推理小说家,我也经常和他一起参与办案,并且把许多案件记录下来。在惊叹陈爝超群推理能力的同时,也被一些离奇之极的事件震撼心神,久久不能忘记。特别是罪犯在现场做出的一些古怪行为,令我难以释怀。

在那么多案件中,最让我感到恐惧的,莫过于那起震惊社会、被媒体争相报道,世人称之为"绞首魔事件"的连环杀人案了。我翻开手边的记事本,查看了一下,案件发生的时间应该是去年九月。然而,回想起那个夏天,我至今都会感觉到一阵凉意。

我还记得,那天唐薇匆忙地推开我们的家门,满面愁容的样子。她手里带着最新发生的案件资料,泫然欲泣地看着我和陈爝。

自从上次镜狱岛回来后,只要有让警方为难的案件,她都会来找陈爝帮忙。①

其实在她来之前,这个案件我们已经了解过了。茶几上摊着一份刚送来的报纸,社会新闻头版上赫然写着这么一行大字——再见连环杀手绞首魔,第三个受害者出现!

"目前为止,已经第三个了。"唐薇有气无力地说道。

---

①详情见《镜狱岛事件》(新星出版社,2016.8)。

对于这起案件,警方丝毫没有头绪,甚至连嫌疑人都没办法锁定。

陈燔接过唐薇递给他的案件资料,坐在沙发上,沉默地翻阅着。

二〇一五年八月十三日,上海市长宁区遵义路虹桥假日广场附近的绿化带中,发现了一具女尸。根据尸检的结果,发现死者季雅萍(女性,汉族,二十三周岁)死亡时间为凌晨一点至两点之间,死因为机械性窒息,勒死死者的凶器没有在现场找到,很明显是被凶手带走了。除此之外,被害人在死亡之后受到了凶手的性侵犯。

从现场勘察的情况来看,草皮很整洁,没有被翻弄过的痕迹,而在被害人的双手手腕部位有多处擦伤,右手拇指指甲撕裂,这说明被害人曾与凶手展开过激烈的搏斗,所以绿化带应该不是第一现场,被害人是被移尸至此的。局里为此成立了专案组,由唐薇负责侦破此案。

可是过了一个星期,案件没有任何进展。

一波未平一波又起,正当警方焦头烂额之际,他们又接到了一起报案。

案件发生地离第一起案子的现场不远,是在长宁区的芙蓉江路靠近仁恒河宾花园附近,尸体是在一个偏僻小路的拐角处被发现的。死者赵琼(女性,汉族,二十六周岁)的死亡时间为凌晨两点至三点之间,死因和之前的案子一模一样,也是死亡之后凶手对死者进行了性侵犯。最重要的是,警方在现场发现了一件物品——镶有蓝宝石的十字架项链。

这个式样的十字架和第一起案件留在现场的十字架项链是同一款式,除了十字架中镶的宝石颜色不同,第一起案件留下的是紫色的宝石项链。所以我们认为这两起案件是同一凶手所为,这是一起连环奸杀案。

而镶有宝石的十字架,就是"绞首魔"的标识,借此正式向警方宣战!

然而又过了一个星期,警方依然毫无头绪。就在这个时候,一位清晨打扫街道的清洁工在古北路申凌大厦附近,又发现了第三具女尸。死者汪艳(女性,汉族,二十一周岁)的死因和现场情况与之前两起案件简直一模一样,最重要的是,我们在现场找到了凶手留下的那条十字架项链——蓝宝石十字架项链。

显然,这是对警方的嘲讽和愚弄,可对此他们毫无办法。

陈燔看完后,把那沓资料往茶几上一扔,然后伸了一个懒腰。

"你有什么看法?"唐薇急忙问道,"你认为凶手有什么特征?或者说,有什么可以帮助我们警方缩小范围的线索?"

"凶手是个强壮的男性,而且是个左撇子。"陈燔语气缓慢地说道。

"就这些?"

"就这些。"陈燔朝她点点头,然后拿起了茶几上的一罐咖啡。

"这不像平时的你啊!一般遇到这种情况你不是可以滔滔不绝地推理上好几个小时吗?为什么现在才给唐薇这点线索?"我故意嘲讽了他一下,借此挫挫他的锐气。

但我知道,陈燔并不是故意的。很明显,这次凶手留下的线索实在太少了,可见他是一个小心翼翼的家伙。

"那你给我说说,为什么说凶手是个左撇子?关于凶手很强壮这一点从瞬间勒杀死者可以看出来,但左撇子从何说起?"我又追问了一句。

"很明显,从勒痕和现场情况来看,凶手是采用背后勒杀的方式结束被害人生命的。而且被害人双手的手腕有擦伤,说明在被勒杀的过程中进行过激烈的抵抗。但由于凶手站在被害人身后,死者至多能接触到的地方就是凶手的双手。你看,被害人右手拇指的指甲撕裂,很明显是由于和凶手的双手接触造成的。人的肌肤顶多可以让指甲翻掉,不可能撕裂指甲，所以只有一个可能——凶手是个戴金属手表的人。那问题来了，被害人是被凶手从背后勒杀的，那她挣扎的时候右手应该紧抓着凶手的右手，左手紧抓着凶手的左手，这个逻辑没错吧？"陈熠看了看我和唐薇。

我们俩不约而同地朝他点了点头。

他继续推理道："那就奇怪了，死者右手大拇指的指甲撕裂，那么这就意味着，凶手的手表是戴在右手手腕上的了。和普通人相反，像你的手表就戴在你的左手上，那么从这点可以看出，凶手是一个左撇子。"

听完陈熠的推理，虽然有一定的道理，但我依然觉得他说了等于没说。

唐薇急了，脱口说道："别说中国了，光是上海这座城市就有一千多万人口，左撇子更是数不胜数，如果以这个标准来排查绞首魔的话，那无疑是大海捞针。"

陈熠放下那罐还没喝过一口的咖啡，从那沓资料中抽出了几张照片。那是一些案发现场的照片，他一边看着照片一边对我们说："之前和你所说的，关于凶手很强壮这一点，从瞬间勒杀死者可以看出来，我不同意。只要是男性，无论身体强壮与否，在背后勒杀一个女人应该都不是什么难事。我判断凶手身体强壮的原因是，这三起谋杀案发现尸体的地方都不是第一现场，移尸是个体力活，没有强壮的身体可不行。"

"不是第一现场吗？你怎么判断的？"唐薇不解道。

陈熠没有立刻回答唐薇的问题，而是突然停下了手上的动作，视线死死地盯着一张照片。那是一张关于凶手留在现场的三条十字架项链的照片。

"怎么了？"我把头伸了过去，照片上似乎没有什么值得我注意的地方。

"这里有点奇怪。"陈爔微微皱了皱眉头。

正当我想继续追问的时候,唐薇的手机铃声骤然响了起来。

"喂……什么……你再说一遍……你在开玩笑吧……我明白了……我立刻过来……现场要保持原样……我立刻来!"说完,唐薇就挂断了电话,对我们说,"真是福无双至,祸不单行啊!这句话现在用在我的身上,实在是再贴切不过了。"

陈爔瞟了一眼唐薇,问道:"怎么?又有案子了?"

"是啊,这次你必须陪我一起去现场。再这么折腾下去,我都快疯了!这起案子还没结束,又来了个更奇怪的案子!"唐薇大声抱怨道。

"我昨晚上一夜没睡,在研究一个很复杂的数学问题,所以感觉身体很疲倦,需要好好休息一下……"说到这,陈爔还故意打了个哈欠,"你看,我现在眼皮都快合上了。"

"你昨晚不是在打新买的游戏吗?"我残酷地揭穿了他,"而且八点就睡了,今早十点起床订早餐,抱怨外卖的早餐店油条套餐配的豆花竟然是甜的,简直是犯罪,还说要去投诉人家。"

"韩晋,你这个忘恩负义的家伙,明天就给我搬走!"陈爔恼羞成怒地骂道。

但是我已经习惯了,无论他怎么骂我,只要我不理他,他也不能拿我怎么样。陈爔还不依不饶,对我进行人格和智力上的羞辱。

"好啦,你们别吵了!"唐薇大喊道,"小张告诉我,这个案子很奇怪。整个杀人现场房间里的物品,都是颠倒过来的,无论是沙发、桌子还是床!甚至连尸体也被倒吊在房间的中央,这种奇怪的案子,恐怕你一辈子都没有遇到过吧!"

听到这里,陈爔停止了和我的争执,慢慢抬起了头。

2

我们坐着唐薇驾驶的警车,很快赶到了案发现场。

然而刚走进房间之后,我立刻就傻了眼。不单单是我,就连平日里处变不惊的陈熠,脸上也露出了惊讶的神色!

偌大的房间里,所有的东西都被倒置了——衣柜、书橱、电脑台、沙发等一些大型家具,甚至连电视机、电脑、台灯等家电也被整个儿倒了过来。墙壁上的海报和一些油画也头朝下地挂在墙上,茶杯和碗都被倒扣在茶几的背面,就连书也被一本本倒置着塞在书橱里。

整个房间乱糟糟的,一片狼藉。这一切仿佛是神的恶作剧,所有东西都被倒了过来,又或许是哪个魔鬼对人类开的一个玩笑。无论如何,这都不像是个正常人会做的事,我宁可相信这一切是因为时空扭曲而造成的,也不信这是人类所为。

唐薇也呆住了,她睁大了双眼,一言不发。在她的警察生涯中,恐怕从未见过比这更诡异的现场了吧!

房间内充满了诡异的气氛,仿佛是一双巨手捣乱了这房间里的一切,然后消失在空气中。

除此之外,更让人毛骨悚然的是,房间中央是一具被倒吊着的女尸。

"这……这是魔鬼干的吗?"站在陈熠身边的唐薇,用颤抖的声音问道。陈熠没有说话,他只是死死地盯着这违背常理的房间,试图搞清楚,这里曾经发生了什么。

死者名叫王佳璐,女,二十八岁,系安图中学英语教师。经过法医鉴定,死因为勒杀,死亡时间应该是在昨晚十一点至今天凌晨两点之间。发现尸体的时候,死者双腿并拢头朝下倒吊在房间中央的吊灯上，脚踝处的尼龙绳勒痕非常清晰。死者身穿着一条白色的棉质T恤衫，下身穿着一条牛仔裤，经鉴定无性侵犯痕迹。

房间里的门锁经查都没有入室盗窃的痕迹，但是厨房那边的窗户却没有关紧，凶手很可能是从窗外爬进被害人家里的。被害人的房间位于公寓的三楼，攀爬起来也不是非常困难，所以凶手极有可能是一个小偷。但如果是小偷的话，那又为何没带走死者身上诸如铂金项链等值钱的东西呢？而且还把房间里的家具全部倒置，难道是精神病？这显然说不过去。

陈燔走到现场勘查的验尸官身边，蹲下身子，掀开了盖在尸体上的白布单。

躺在地上的，是一位五官精致的超级美女，从她那笔挺的鼻梁以及之深凹的眉骨不难看出，她有欧洲白人的血统。

"王佳璐是个混血儿，中国和匈牙利的混血。"一旁姓张的青年刑警翻开了手中的笔记本，对唐薇进行汇报，"她的父亲是中国人，母亲是匈牙利人。十年前母亲因车祸去世，所以王佳璐就跟着父亲回到了中国。"

"她父亲现在在哪里？"我随口问道。

"我们已经通知了她的父亲，我想他应该不久就会赶过来吧。"张刑警说。

"真可惜，这么漂亮的女孩子。"我叹息道，"这个凶手实在是太可恶了！一点也不知道怜香惜玉！王佳璐小姐，你放心！虽然你现在已经离开了我们，不过我绝对不会放过这个丧心病狂的杀人魔！他竟然杀死如此美丽的小姐，我实在是太愤怒了！"

我越说越激动，情不自禁地握紧了拳头。

"不如你和她结婚吧？"陈燔朝我眨了眨眼。

"可是她已经死了啊。"我不明白陈燔想说什么，随口道，"不然的话，这么出色的美女，我倒是想和她认识一下呢。"

"没事，就算她不在人世了，也可以和你结婚啊。"

"怎么结？"我问。

"冥婚啊！我可以把你们俩一起埋起来。这个主意不错吧！"

直到这时，我才意识到陈燔在拿我开玩笑，不禁心中有气，别过头不再和他说话。陈燔见我不搭理他，就站起身来，自顾自地在房间四周走动。

我看着仿佛被时空扭曲过的房间，心想这事情若真是人类干的，那这家伙一定是个疯子，除此以外没有其他任何解释了。话说回来，如果凶手不是疯子的话，那他为什么要费那么大的劲把房间弄成颠倒的样子呢？这实在是令人费解。

"你们看这里。"法医指着尸体说道，"凶手应该是先将死者制服，然后将她倒吊在房间内，再将其掐死的。"

"是掐死的？用手吗？"我蹲在尸体的旁边。

年轻的法医点了点头，然后又指着死者的颈部，认真说道："你看，这是凶手留在被害人脖子上的印记。喏，这是两个大拇指的印子。从这么看来，凶手应该是将被害人倒吊起来之后，再掐死她的。"

我又问道："凶手为什么要这么做呢？把所有东西都倒置过来，然后再将被害人倒吊着掐死，凶手这么做的理由是什么呢？"

法医拱了拱肩，无奈道："天晓得他想做什么。"

唐薇像是突然想到了什么，快步走到我们身边，声音低沉地问道："你们有没有读过埃勒里·奎因的小说？"

"什么？什么爱什么亏？我听都没听说过！"陈燔挠着头道。

作为推理小说家，我当然知道谁是埃勒里·奎因，他的作品我几乎都读过。

“奎因是一对表兄弟共用的笔名，是美国最知名的推理作家，黄金时代三巨头之一。在他众多作品中，有一部名叫《中国橘子之谜》的推理小说。这本推理小说中发生谋杀案的场景，几乎和这间房子一模一样，所有的东西都是倒置的。”唐薇替陈爝解释道。

“你说什么！”法医惊呼起来，“会不会是凶手模仿推理小说中的情节杀人？那这本书解释了为什么凶手要颠倒房间了吗？理由是什么？”

“为了隐藏死者的身份。”唐薇语速缓慢地说，“可这个解释不能用于这个案子，因为死者的身份我们已经知道了。所以这个案子的问题就在于——凶手为什么要颠倒房间里的东西呢？要抓住凶手，必须要解决这个问题。”

“我都快崩溃了！”我嘟哝了一句，随后又抱怨道，“那个连环奸杀案我们还没解决，现在又来了一个房间颠倒的案子。你说杀人就杀人吧，凶手还搞那么多花样出来干什么？我真搞不懂那些家伙脑子里在想什么！”

陈爝仿佛没听见我的话一般，眼睛死死地盯着书橱边上的墙壁。我随着他的视线望去，看见了一张挂在墙壁上的国旗。

如果没有看错，这是一面匈牙利国旗。

“没有颠倒！”陈爝兴奋地对我说道，“韩晋，你看这面匈牙利国旗，竟然没有颠倒！”他像发现新大陆一般兴奋地向国旗跑了过去。

“大概是凶手粗心大意，没有注意到吧？”

我找了个理由想搪塞过去。在我看来，这根本没有什么大不了的，和案子无关。

陈爝似乎没有听进我所说的话，只是独自站在国旗前，喃喃自语着什么。他考虑问题的时候经常会这样，毫不顾及周围人的感受，即使你和他说话他也充耳不闻，只关心自己的推理合理与否。

"为什么房间颠倒而国旗不颠倒……凶手这么做必然有他的理由……"

陈燔紧紧皱起了眉头，然后闭上眼，陷入了沉思。

不过几秒钟，他又突然睁开了眼睛。

"唐警官……"

听到陈燔在呼唤她，唐薇便转过头问他："什么事？"

"给我看十字架。"

"什么？"唐薇一定感觉莫名其妙，不知道他想表达什么。

"连环凶杀案的资料，那些留在死者身边的十字架项链的照片，快给我！快！"陈燔的表情非常认真，不像是在开玩笑。

无奈，唐薇只能从案件资料中，翻出了那几张项链的照片，递给了陈燔。

陈燔手里拿着那些照片，目不转睛地翻阅着，嘴里念念有词，不知道在说什么。过了好一会儿，他才露出了满意的表情，把手里的照片还给唐薇。

"我想我知道一些事了。"陈燔兴奋地搓着手。

正当我想问陈燔究竟是怎么回事时，那位姓张的青年刑警却走进了房间，对唐薇说道："老大，被害人的父亲已经到局里了，我们先回去吧。"

"也好，先回警局调查一下死者生前的情况。因为根据我多年办案经验，通常凶手都是死者身边的人，动机也无非就是为了金钱或者情杀。"唐薇点头道。

我和陈燔表示愿意和他们一起去一次警局，协助调查。这让唐薇喜出望外。虽然她嘴上不承认，但我肯定，她依然期待着陈燔的表现。毕竟在过去的一些案件当中，我们若不是依靠着陈燔的推理能力，破案也不会那么迅速。

坐上警车后，我们向警局呼啸而去。

3

死者的父亲此刻正坐在我们的面前。他的名字叫王从军，今年五十八岁。外表看上去没有实际年龄那么老，脸上的皱纹并不是很多。从五官的轮廓来看，依稀可以看出他与死者是血亲关系。

"是谁杀了我的女儿？！"劈头问道，这是他看见我们的第一句话。

"我们正在调查。老先生，请您相信我们，一定会抓住杀人凶手的。"坐在我身边的张刑警立刻打圆场。他应该很熟悉这样的场景吧。

"相信？就算抓住又怎么样？我的女儿没了，永远没了……"老爷子弯下腰，双手掩面而泣，"我什么都没了，我的希望也没了……"

"但是你可以得到一笔可观的保险金。"陈燔冷冷说道。

王从军原本抖动的肩膀，突然停了下来，然后抬起了头，怒视陈燔。我知道大事不妙，正当我思考应该说些什么的时候，王从军突然怒吼了起来："保险金？怎么，你认为是我亲手杀死了我自己的女儿？我的女儿都死了！我要这笔钱做什么？啊！"

"王先生，请您不要动怒，我的同事不是这个意思。他只不过想安慰安慰您而已，只不过这人嘴笨，平时就这样，请您别往心里去。"唐薇站起来连连道歉。

陈燔这家伙就是整天一副阴阳怪气的样子，我看这辈子他是改不了这个坏毛病了。

"你们这群警察真是废物！天天在这里怀疑这个怀疑那个，但是真正的犯人却一个都抓不到！真是没用的东西！"

这算什么话？因为顾及他的丧女之痛，我才强压住心中的怒火，不然，一定动手给他点颜色看看！

唐薇却赔笑道："王先生，请您配合我们的调查。我们也想尽快地抓住杀死您女儿的凶手，请您相信我们有这个能力。"

或许王从军被她诚恳的态度打动了，说道："你要问什么就问吧。我知道的一定会告诉你们的。"

"那谢谢您了。您有没有听说过，您女儿有什么仇家？"唐薇问道。

"仇家？这完全不可能！我女儿为人和善，这点我比谁都清楚。她小时候就从来不和别人吵架，即使是别人欺负了她，她自己吃了亏也绝对不会和别人争吵的。这点很像她妈妈……"说到这里，王从军又呜咽起来，"可惜她们都没了，都没了……"

"那王小姐有没有比较亲密的朋友？"

"你指的是男朋友吗？"

"也可以这么说。"

"有是有，但是名字我记不清了……我也只见过一次，是在路口碰巧看到的。她和我说过，那个男的好像是一个电脑公司的职员，长得挺帅的。名字叫什么来着……叫张……"

"张健。"唐薇看着她手里的笔记本说道。

"对，就是叫这个名字。"王从军点了点头。

"老先生，谢谢您。如果我们还有问题会再登门拜访的，也请您节哀顺变。"说完，我们便起身准备离开。

王从军点了点头，也站了起来。

唐薇又吩咐小张开车送王老先生回家，嘱咐他路上注意安全。实际上,从王从军那张老泪纵横的脸上,我读出的是悲伤。虽然他有动机杀死自己的女儿——为了那笔庞大的保险金,可我依然愿意相信他不是凶手,不是那种为了金钱可以出卖灵魂的人。

"接下来去找张健?"陈燏问唐薇。

"嗯,直接去他家拜访他。"唐薇拿起了桌子上的车钥匙。

张健的家离警局不远,有十几分钟的路程。他的家住在靠近四平路的莲花小区内,按照小张给的地址,我们找到了他家。

开门的是张健的母亲,她一看见唐薇身上的警察制服,表情一下子变得紧张起来。

这个时候,张健从他的房间里走了出来。他安抚了一下母亲,让她先回房间里休息一下,而我们也向她说明,只是来调查一下王佳璐生前的情况而已,她才放心。张健让我们在客厅里先坐会儿,又给我们泡了两杯茶。当他把杯子递给我们的时候,我发现他用的是左手。

"你和王佳璐交往多久了?"唐薇开门见山地问道。

"两年。"张健回答得很干脆。从外表上来看,他属于那种斯文型的男性,戴着一副黑框眼镜,身上穿着一条红白相间的格子衬衫,给人非常精神的感觉。

"你们是怎么认识的?"唐薇一边问一边做着笔记。

"是朋友介绍的。"

"哪个朋友?"

"是我的大学同学,名叫吴晓雯。她现在在安图中学做语文老师,王佳璐就是她介绍给我认识的。"张健说话的声音有点轻,但我基本上还是能听清楚。

唐薇在笔记本上记上了"吴晓雯"三个字,继续问道:"你和王佳璐交往到现在,知不知道她有什么仇家,或者和她起过冲突的人?"

张健摇头道:"王佳璐的为人我很清楚,她不可能与其他人起冲突。她在做人方面简直是完美无缺的,即使是别人先惹到她,她也不会与之争吵。属于息事宁人的类型吧,从某种意义上来说,应该是性格比较懦弱。所以警官你说王佳璐会不会得罪了什么人,让人起了杀她的念头,我觉得不太可能。"

"你觉得这几天,王佳璐有什么不对劲的地方吗?"

"完全没有。"张健很肯定地说道,"就在两天前,我们还一起去过一次公园。是共青森林公园,我带她去看了老虎狮子等动物。那天她兴致特别好,我们晚餐就是在森林公园里吃的烧烤。对了,那天她还拍了好多照片呢。"

"案发当晚,你在哪里?"我直截了当地问道。

"那天晚上,王佳璐本和我约好一起去看午夜场电影的。可没想到已经出门的她,突然感到头晕,说是有点感冒了。那我就让她在家好好休息,自己就和一些朋友去打台球了。"

"在二十三点至凌晨两点之间,你有没有不在场证明?"

"让我想想……我们打台球从二十三点打到凌晨一点,然后去吃夜宵,一直吃到凌晨三点我才回去的。我想我是有不在场证明的。"张健说话的样子很镇定,看起来不像是装出来的。"如果你需要我那些朋友的联系方式,我可以抄给你。"他也似乎很清楚唐薇想要什么。

"那实在是太感谢了。"

张健拿出了他的手机,把四个手机号码分别报给了唐薇。

唐薇记了一下他朋友的姓名和号码,最后把笔记本合上。

"非常感谢你的配合,张先生。"唐薇朝他点了点头。张健朝我们微笑了一下,可以看出是强颜欢笑。

"警察小姐。"正当我们准备离开的时候,张健叫住了唐薇。我们转过头看着他，发现他眼中噙着泪水，声音也有些颤抖。"请你一定要抓住杀死王佳璐的凶手，一定！"

"一定。"

唐薇对他说道，这句话又仿佛是对她自己说的。

离开了张健的家，已经是傍晚了。夕阳把我们三个人的影子拉得长长的，看上去特别落寞。上车之后，唐薇拿出了张健给的四个号码，然后给小张打了个电话，让他去确认一下张健的不在场证明。之后我建议唐薇先去吃点什么，陈燨也表示同意。

从中午到现在，我连一口水都没来得及喝上。至于安图中学，我们商量之后决定明天再去拜访。一方面现在时间已经快五点了，学校很可能已经放学，老师也下班了；另外一方面，今天奔波了一整天，实在是感觉筋疲力尽了。

我们挑了一间日本料理店，随便吃了点东西，吃饭的时候陈燨基本上没有说话，我们问他对这两起案子有什么看法，他只说了一句："明天就知道了。"然后他又开始嘲讽我，在唐薇面前丢我的脸，就是不提案子的事。我比谁都了解陈燨的脾气，这时无论怎么问他都没用。

吃过饭唐薇开车送我们回了家，并约好明天一起去一次安图中学。

4

翌日早晨，我和陈燨很早就起床吃了早餐，用电话和唐薇约了时间，然后打车来到了安图中学。问了保安教师办公室的具体位置后，我们又花了好多时间才找到。在路痴属性上，陈燨和我差不多，都属于那种会把自己走迷路的人。

吴晓雯看上去三十岁左右，相貌平平，不过皮肤倒是很白皙。她穿着一条白色的连衣裙,端坐在我们对面的沙发上,看上去非常忧郁。"前两天还好好的,我们还说好一起去逛街的……怎么突然就……"吴晓雯显然还是不能接受王佳璐被杀的事实,低下头用右手擦掉了眼角的泪水。

"请节哀。"唐薇安慰道,"吴老师,如果现在方便的话,我想问你几个问题。你也知道,这和破案有着重大的关系,我们也是为了尽早抓住这个丧心病狂的凶手,所以……有得罪之处还请见谅。"

"哪里哪里,配合警方的调查是我们公民应尽的义务。更何况王佳璐是我最要好的姐妹,无论如何也请你们要早日将凶手绳之以法。"吴晓雯抬起头,语气变得坚定起来。

"那我们开始吧。"唐薇打开了手上的笔记本,"我想请问一下,你知不知道王佳璐最近有没有得罪过什么人或者说与谁结仇?"这个问题对我来说非常重要。假使所有人都没有与王佳璐结仇,那杀她的动机又是什么呢?房间内值钱的东西都没被带走,行凶的目的一定不是劫财。但若是说没有动机的谋杀,这是怎么也说不过去的。

"没有。"吴晓雯说得很坚决,"绝对不可能。"

这是我们最不想听见的答案。

如果说王佳璐身边没有人想杀死她的话,那她是被谁杀死的?难道真是无差别杀人案吗?就算是无差别杀人,杀完人就可以了,何必要将现场布置成推理小说《中国橘子之谜》里的场景呢?陈燔说得对,这个问题不想通的话,案子就无法解决。

"为什么你那么肯定王佳璐不会得罪别人呢?会不会是学生呢?例如学生考试作弊,老师将他的考卷没收,或者是回家作业没有完成,老师让学生把家长叫来之类的?"唐薇把所有可能的情况都列例了一遍。我念高中的时候,经常碰见这类情况。

"王佳璐老师对学生非常体贴。警察同志,你说的那些情况若是放在我身上倒是可能，但王佳璐老师绝对不会这么做。我前面已经说了，学生们最喜欢的老师就是王老师了，甚至有时候学生作弊她都只是耐心劝导，从来不没收他们的试卷。这点我是做不到的。"

吴晓雯表情非常认真地说。

唐薇无奈地点点头，然后转头看了看坐在我身边的陈燨。

他自始至终没有说过一句话，也没有提过一个问题，就那么呆坐在一边。今天早晨我问过他，你知道凶手为什么要把现场布置成这样吗？他说不知道。我又问他，你知道凶手的身份了吗？他摇了摇头说还是不知道。

以我对他的了解，他一定是掌握了破案的关键线索，但是目前还没证据。

陈燨擅长稳中求胜，绝不是一个喜欢冒险的人。

"对了，吴老师，王老师最近有没有表现异常的地方？"我插嘴问道。

"表现异常吗？"吴晓雯微微抬起头，一副思考的样子，"没有什么异常。哦，对了，她那天很兴奋地跟我说，她和张健一起去森林公园玩了一次，拍了好多动物呢，像什么非洲狮啊、美洲豹啊、梅花鹿和天山马鹿什么的，还说下次要带来给我看看。不过我想，这不算什么异常的事情吧？"

——这当然不算。

看来这次又是白跑一趟，关于王佳璐一点有用的线索都没有。看来这个案子得暂时放一放，先全心扑在连环杀人案上了，解决一件再说。

正当我们要走的时候，办公室里又走进来了一位男老师。

"王佳璐的事吧，哎，我感到非常难过……"男老师坐在了沙发上，然后对我们说道，"我叫林自强，是这个学校的数学老师。没想到善良的王老师，竟然会遇上这种事情，真是人算不如天算啊……对了，凶手找到了吗?"

我仔细打量着前眼这个男人,他身高在一米七八左右,身材偏瘦,看上去三十几岁模样。

"还没呢,对了,林老师能提供点什么线索吗?"唐薇接着问道,"如果是一个办公室同事的话,那平时关系应该还不错吧?"

"是很不错。"林自强朝唐薇点了点头,我注意到他运动鞋上有不少灰尘。

"鞋子脏了。"我提醒道。

"没关系。"林自强大大咧咧地笑了起来,"刚和几个同学打打篮球,运动一下身体。"

"看不出林老师还会打篮球啊,真是了不起。"

我现在才三十岁左右,体力方面已经远远不及当年二十出头的时候了。

站在一边的吴晓雯见我恭维林自强,也笑吟吟地补了一句:"何止呢,林老师年轻的时候还练过杂技呢。"

"那可真了不起啊!"我顺水推舟地说道。

林自强边笑边摆手:"不说这个了,我们还是说说关于王佳璐案子的事情吧。凶手还没找到吗?实在是太可怜了!两天前还好好的……"

"是啊……"吴晓雯在一旁插嘴道,"林老师你还记不记得,那天王佳璐还说要给我们看她和张健一起去森林公园拍的动物呢!我记得你刚一进办公室她就跑过去跟你说什么,'我拍了好多梅花鹿的有趣照片哦',对吧!"

"没错,这么可爱又漂亮的女孩子,真是太让人难过了。"林自强用手撑住额头,露出难过的表情。

上课铃声响了起来。

"哎呀,不好意思,我还有课。"吴晓雯急忙拿起了桌上的课本,临走时还不忘对我们说,"实在不好意思。如果还有什么问题没问清楚的话,你们就问林老师吧。基本上我知道的事情林老师也都知道。"说完就去上课了。

"要不我们换个地方谈吧。"林自强提议道,"这里老师和警察谈话,被学生看见了影响不太好。"

——看来又是一个死要面子的家伙!

按照林自强的要求,我们来到了离学校不远的一家甜品店。唐薇要了港式奶茶,我则叫了一杯苹果味汽水,陈燔和林自强都要了俄罗斯红茶。

"请问,你知不知道王佳璐最近有没有得罪什么人?"这个问题唐薇已经问了无数遍了,几乎每个回答都一样。这次果然不出我所料,林自强也是这么说的——王老师为人很优秀,根本不可能与什么人结仇,绝对不可能。

既然如此,我们也没什么好说的了。唐薇正准备把笔记本塞进包里的时候,那沓连环杀人案的资料不小心掉了出来,一张照片飘在了林自强的身上。

那是张第三个被害人脚踝上脚链的照片。

"实在不好意思。"唐薇边打招呼边收拾起地上的那些资料,林自强微笑着把那张照片还给了我。林自强并不知道这其实不是王佳璐这件案子的资料,他疑惑地问道:"我从来没见过王老师戴这种脚链啊?"

"不好意思,这不是王老师这起案子的资料。"唐薇连忙解释道。

"原来是这样啊。"林自强点了点头。

这个时候,服务员小姐把我们的饮料送了过来。林自强很有风度地起身帮服务员端茶。他拿着我的苹果味的汽水,问服务员:"这是……"我连忙举手笑道："这是我的！"林自强点点头，把饮料递给了我，然后把一杯红茶递给了陈燔。

"看来这个案子非常困难啊，基本上所有人都没有动机。"我喝了口苹果汁。

林自强的表情有点尴尬，过了好一会儿他才像是下了决心似的对我开了口："这件事情……我不知道该不该说。"

"什么事？"唐薇来了兴趣。

"这个……"

"我希望你配合我们警方，这可是人命关天的大案啊！"我特意加重了语气，希望能给他点压力。

"好像是两天前，我听见王佳璐在和他男朋友张健吵架。"

"怎么说的？"

"就是说什么'你根本不在乎我！我们分手吧'之类的话。他们之间经常这样，所以我也不知道是不是该说，说了对你们有没有帮助我就更不知道了。这个是我在办公室外听见的，警察同志，我不是偷听啊，是不小心听到的。"林自强的表情略带羞愧。

"谢谢你为我提供了线索。"在一边没有说过话的陈燔突然站了起来，脸上露出了一抹不易察觉的微笑，"唐警官，一切线索都穿成一条线了！我终于搞清楚它们之间的关系了！"

什么跟什么啊？我完全不明白陈燔的意思。

"你在说什么疯话呢？什么穿成一条线了，难不成你已经知道是谁杀死了王佳璐？"

陈燔点点头，压低声音，像是在宣布什么似的说道："是的，并且我还知道凶手为什么要把现场布置成那个样子，还有'绞首魔'的真面目，我也已经知道了！"

5

和往常一样，陈燏让唐薇通知了一些此案的相关人士，齐聚到王佳璐的家中。

他准备在这间颠倒的房间内，揭露这次杀人事件的真相。这是陈燏长期以来的习惯。唐薇很快联系了这起案子的一些嫌疑人，包括王佳的父亲王从军、她的男朋友张健、同事兼闺蜜吴晓雯，以及数学教师林自强。就在我们拜访吴晓雯的第二天中午，唐薇把他们都叫到了王佳璐的房间里。

王从军看上去很憔悴，眼神涣散地站在房间门口。相比之下，张健的精神状态就好多了，他在王从军的身边，和他并排站在了一起。吴晓雯和林自强分别向学校请了假。唐薇说，昨天打电话联系他的时候，可以感觉到林自强不太愿意答应我们的请求，可唐薇再三保证，这是最后一次麻烦他们协助调查。经过考虑，他还是同意了。现在，房间里除了他们四个之外，还有我与唐薇，以及那个自负的陈燏。

所有人都到齐之后，陈燏轻轻地把门关上，然后安静地走到了房间中央。

"直到现在，"陈燏开始了他的演讲，"房间里所有的东西还都是颠倒的，无论是家具还是电器，甚至连被害人都是被倒吊着的。那凶手为什么要这么做？这么做的理由是什么？我想我已经知道了，并且我可以很负责任地告诉大家。杀死王佳璐小姐的凶手，以及最近犯下连环杀人罪行的'绞首魔'，就在我们之中。"

大家脸上的表情都发生了变化，最激动的就属王佳璐的父亲王从军了。

"你在胡说什么？你有证据这么说吗？"

"请听他说完。"唐薇伸手制止了愤怒的王从军。王从军不服气地闭上了嘴,眼神挑衅地看着陈燔。

"我不认为凶手是一个疯子。如果凶手是疯子的话,为什么现场没有留下任何指纹?因为所有的线索都被凶手清理掉了。既然凶手不是疯子,那把整个房间颠倒过来的理由只有一个——凶手必须那么做!"陈燔说到这里,顿了顿,然后继续说了下去,"我曾经和唐警官讨论过这个问题,美国侦探小说家埃勒里·奎因有一部名为《中国橘子之谜》的推理小说,小说里的场景和王佳璐的房间状况简直一模一样。小说中,凶手为了掩饰死者的身份,不顾一切地将房间所有的东西颠倒。那我们来看,这个案子呢?显然不是为了掩饰死者的身份。那么只有一个理由可以解释这一切,那就是——凶手为了掩饰自己留下的痕迹,必须把房内的一切颠倒过来!"

房间里一片寂静,没有任何人说话,所有人都全神贯注地听着陈燔的推理。

"为了掩饰什么呢?刚开始我并不清楚。然后我注意到了王佳璐的尸体,尸体是被倒吊着掐死的。"陈燔继续说道,"这个时候我就觉得奇怪了,为什么凶手必须要把尸体倒吊着再掐死呢?难道只是单纯地配合这个颠倒的房间吗?想到这里,我突然豁然开朗!我们所有人都中了凶手设下的陷阱——先入为主的陷阱。我们走进这个房间,看到所有的东西都颠倒了,那我们自然而然地会认为尸体是被倒吊再被掐死的,但实际上并不是如此,王佳璐其实是被倒吊之前,就被凶手掐死了!"

"不可能!"我立刻打断了陈燔,"你忘记法医说的话了吗?被害人脖子上的掐痕从两个拇指的位置来判断,是反过来的,也就是说很明显尸体是被倒吊着杀死的!"

"倒吊的那个人，不是王佳璐，而是凶手。"陈燨冷冷地说道。

我脑子突然一片空白，似乎理解了陈燨的意思。

"没错，实际上王佳璐并不是先被倒吊之后才被掐死，而是被掐死之后才被凶手倒挂在吊灯上的！凶手为了掩盖自己倒着掐死王佳璐的事实，不惜把整个房间倒置过来，来掩盖自己倒吊在房间吊灯上，掐死王佳璐的事实！其实你们可以自己试试，如果在正常位置掐死被害人的话，那被害人脖子上的拇指印应该是向上的痕迹，但如果凶手倒吊在灯上垂下双手掐死死者的话，那拇指的痕迹就是向下的。所以如果尸体不是被吊着掐死的话，那只有一个可能性，就是吊在灯上的那个人其实是凶手！"陈燨声音响亮地宣布。

"倒吊着杀人……这也太……"我都不知道该说些什么，脑子里一片混乱。

"所以凶手只能是一个可以倒吊在吊灯上的人。林老师，上次在办公室里的时候，我听吴老师提到过，你年轻的时候练过杂技吧？况且这些年你经常和学生打篮球什么的，体能应该保持得还不错吧？"陈燨直视林自强。

林自强的脸色开始变得非常难看，他稍微调整了一下情绪，然后回瞪陈燨："你凭什么说是我杀死王佳璐的？难道就因为我练过杂技吗？你这个推理也太牵强了吧！"

"是啊，陈燨，你这个推理很不合理。就算是你说的这样，那凶手何必要倒吊着杀人，而且还花很大的精力将房间布置成倒置的模样，直接站着掐死被害人不就好了吗？这样也不必把房间弄成现在这个样子了！"唐薇也觉得陈燨这么说太武断了。

陈燨没有因为我们的质疑而动摇自己的观点，反问我："那如果凶手当初并没有打算杀死王佳璐呢？"

"你的意思是……"

"凶手当初潜入王佳璐的房间，并没有打算杀死她，只不过想去她家拿一些东西而已。可没想到的是，本已出门的王佳璐竟然因为身体不适的关系从外面折返回家！听到开门声后，由于房间太小，凶手情急之下爬上了吊灯，暂时躲了起来。王佳璐走进房间后，随手打开了房间上的吊灯，可她却觉得光线比平时暗了不少。然后她站在吊灯下抬头往上看——你们也应该知道发生什么了吧！没错，王佳璐看见了倒吊在灯上的凶手！凶手突然之间没有了主意，他看见王佳璐正准备尖叫，无奈之下伸出了双手！"

"就凭这些你就说我是凶手？这无论如何也说不过去！你别想栽赃我！"林自强失控般地朝陈燔吼道。

"当然不止这些！"陈燔转过头来看我，"你还记不记得那面匈牙利国旗？"

"记得，你当时说只有这面国旗没有被颠倒，所以你觉得很奇怪。"唐薇说着，然后指了指身后的那面墙，"你看，那面国旗不是还挂着嘛！"

"没错，匈牙利国旗是由三条颜色组成，从上至下分别是红白绿三种颜色。可凶手为什么不将这面国旗颠倒呢？是不是因为他忽略了呢？不可能！这面国旗那么大，正常人不可能看不见，那只有一种可能——凶手无法将这面国旗颠倒！"陈燔的语气非常坚定。

"无法颠倒？"

"是的，因为在凶手眼中，这面国旗倒置与否都是一样的！现在你们明白了吧，因为凶手是一个红绿色盲，所以在他眼中这面国旗的红色部分与绿色部分都是一种颜色，所以没有必要将它颠倒！"

——原来是这样！

"那天我们在甜品店喝东西的时候，韩晋点了一杯苹果味汽水，而我和林自强要的都是红茶。但当服务员把饮料送过来的时候，你却拿着苹果汽水问服务员是什么。无论谁看一眼都知道绿色的是苹果汽水，而红色的是红茶吧？所以在那个时候我就知道，林自强是一个色盲！加之你练过杂技，所以我肯定，凶手就是你！"

林自强像是放弃了挣扎似的看了看我，然后冷笑道："你们还真厉害啊……这都被你看出来了……"

"你这个家伙！为什么要杀死我女儿！为什么！"站在一边的王从军有些控制不住情绪，幸好身边的张健及时制止了他，不然王从军一定会冲上去给林自强一拳。

"别急，还没完呢。"陈燨又说道。

"什么？"

"事情还没完。林自强，你不只是杀死王佳璐的凶手，而且还是在长宁区奸杀三名女性的连环杀手——绞首魔！"

——怎么可能！

"你们怎么可以这样。没错，我承认是我杀死了王佳璐，但你怎么可以把连环杀人的罪名也栽赃到我身上！你有什么证据吗？你别诬陷我！"

陈燨表情夸张地说道："诬陷？我从来不做这种事。其实我一直在想，凶手进入被害人的房间，到底为了偷什么呢？钱财？不可能，王佳璐脖子上的铂金项链和皮包里的现金都没有被拿走。凶手冒着危险潜入这里，到底要拿什么呢？这个问题，直到昨天拜访了安图中学，我才搞清楚。"说完，陈燨看着吴晓雯问道："吴老师，我记得你说过，王佳璐跟你提起过，曾和张健一起去了共青森林公园，还拍了很多动物的照片是吧？"

"没错。"

"然后林自强这时候进了办公室,王佳璐很兴奋地跑到他面前对他说,她拍了好多梅花鹿的有趣照片,对吧?可你却听错了,王佳璐那时候说的并不是梅花鹿,而是天山马鹿!"

吴晓雯恍然大悟般点了点头,反问道:"你怎么知道?"

"因为这句话虽然在我们听来很正常,但听在连环杀人案的凶手——绞首魔耳中,却是另一番滋味!王佳璐原本的意思是,'我拍了好多天山马鹿的有趣照片哦',被凶手听成了'我拍了好多天山马路的有趣照片哦'。天山马路即天山路,也就是长宁区的天山路!连环杀人案现场分别为——遵义路、芙蓉江路和古北路,稍微翻一翻上海地图你就会知道,这几条马路全是在天山路附近的!王佳璐这随口一说的话,被绞首魔听成了威胁!绞首魔认为王佳璐拍到了一些自己作案情况的照片,不然不会这么对自己说。所以他必须亲自去王佳璐家确认一下,可惜他还没找到照相机的时候,王佳璐就回来了。"

讲到这里,陈爝顿了顿,又继续说了下去。

"还有让我觉得奇怪的是,连环杀人凶手放在现场的十字架项链。第一起案件是紫色宝石,而第二和第三起案子却是蓝色宝石,这又是为什么呢?当我在王佳璐房间里看到匈牙利国旗的时候,我突然想通了!连环杀人犯很可能也是个色盲——红绿色盲!红绿色盲又被称为第一色盲。患者主要是不能分辨红色,对红色与深绿色、蓝色与紫红色以及紫色不能分辨。这个时候我就在想,杀死王佳璐的凶手,会不会就是犯下三起连环奸杀案的绞首魔呢?"

"就因为我是色盲,你就认定我是连环杀人犯,太可笑了!"林自强大笑起来,"你这种推理在法庭上可以作为证据吗?"

"是你自己亲口承认,你就是长宁绞首魔的!"陈爝厉声道。

"你开什么玩笑?我怎么会自己承认?"

"在甜品店的时候,唐薇警官不小心把包里连环杀人事件的资料掉在了地上。其中,有一张脚链的照片掉落到了你的身上。这时候,你说了一句话。你说,'我从来没见过王老师戴这种脚链'。我没说错吧?"

"那又怎么样?"

"你怎么会知道那是脚链?"

"这个……"林自强张大嘴巴,却发不出声音。

"照片上就是一条链子而已,为什么你那么肯定那是脚链呢?只有凶手才知道那是一条脚链!因为他看见过被害人把它戴在脚踝上!关于这点你准备怎么解释?请你别说什么只是随口说说罢了,警方根本不会信。所以,在甜品店的时候,我就已经确定你是连环奸杀案的凶手了!"陈爔表情严肃地说道,"如果你还想狡辩的话,我另有证据!你当时潜入王佳璐家中的时候,并没有打算杀死她,所以没有带任何杀人工具。王佳璐一个女孩子,家里不可能有这种尼龙绳——就是将她倒吊在吊灯上的绳子。所以我认为是凶手带来的,你掐死王佳璐之后,要把她倒吊起来,就拿出了随身携带的尼龙绳。唐警官,你不是说连环杀人案现场找不到凶器吗?我想这条绳子应该就是勒杀三名女性的凶器,只要回警察局里做个鉴定,就可以知道林自强是不是在长宁区犯下三起杀人案的绞首魔了!"

林自强万念俱灰地靠在墙壁上,深深叹了口气,再也没有说过话。

6

案子完结后的第五天,唐薇再次拜访我们的住处。

"宋队让我好好谢你们,要不我请你们吃饭?"破案之后的唐薇心情总是特别好。

"免了,你隔三岔五来找我,我也吃不消。"

陈燔摆了摆手,谢绝她的好意。

"可不是我要来的,是我奉领导宋队长之命来的,你知道,他可喜欢你了。下次我可不当你们的信鸽了,你面子大,我让他自己来。"

"快坐,别听陈燔瞎说,你来了,他不知道有多高兴。"我忙道,"你要喝点什么?"

"随意。"

"好嘞!"我去厨房给唐薇倒了一杯黑咖啡,然后随口问道,"对了,绞杀魔的案件,进展得如何?"

"我正要说这事呢!"唐薇接过我递去的咖啡,接着道,"关于那两个案子,林自强都认罪了。这个变态已经三十多岁了,竟然从没有谈过恋爱……啊,陈燔教授,我不是针对你啊,你不是变态……我继续,第一起案子那天晚上,他喝了点酒,那位倒霉的小姐又恰巧在深夜被他盯上了,于是林自强一路暗中尾随她……唉,人间悲剧啊!"

"真可怜,都是二十出头的女孩……"我惋惜道。

唐薇端起桌上咖啡杯的时候,突然想到了一个问题,于是问道:"陈燔啊,你说凶手是双腿倒吊在吊灯上犯罪的,可那吊灯真能承受得了一个成年男子的体重吗,况且那时候被害人还在挣扎呢?"

"没问题的。在施工队搭建顶棚的时候,曾经对其做过承重能力测试,其重量大约可承受住三个成年男性的体重。别说一个林自强吊在上面可行,三个都没问题。"

"好吧……"

"对了,我也有个问题。"这次换陈燔提问了。

"什么?"

"林自强是不是左撇子？"

唐薇忽然大笑，道："你也注意到了吧。其实他并不是左撇子，第一起案子的被害人右手拇指指甲撕裂并不是挣扎时候发生的，而是在上班的时候和同事打闹不小心弄伤的。那个女孩子准备回家之后再处理一下，没想到在回家的路上被林自强给盯上了……怎么样，福尔摩斯先生，没想到你也有失算的时候啊？"

"所以当时在甜品店的时候我就觉得奇怪，林自强是用右手把饮料递给我的。当时我还以为他在假装，可最后在我揭露他就是凶手之后，他竟然还是用右手来擦额头的汗水，我就知道我第一个推理有误。"说完，他便懊恼地闭上了眼睛。

看来就算是陈燏，也有栽跟头的时候。

想到这里，我的心情又好了起来。

维纳斯的丧钟

1

这两天,秦永明觉得很烦躁。

此刻,他正坐在一家咖啡店中,从内向门外望着。门缝中吹进来的风使得他不由自主地微微颤抖。奇怪,明明已经五月,为什么寒风还是如此彻骨。

这是一间安静的咖啡屋。

走进咖啡屋,就闻到了空气中弥漫着淡淡的咖啡豆的香气。这家店的门面不太显眼,是一家两层楼面的小楼,曼哈顿风格,有些像欧洲小镇里的咖啡馆。一楼是一屋子的书籍和电影碟片,屋顶是用旧英文报纸糊的,而桌子、沙发、台灯也都是老板从各地淘来的老款式,不大的空间布置得也很舒适,抬头会看见浅色调的天花板,悬在上面的铁丝纠结的吊灯,看来也别具匠心。

耳边的音乐,是帕海贝尔的《D大调CANON》。据说这是作者忍受着爱妻孩子死于鼠疫的巨大痛苦,创作出的一组不朽的音乐,以纪念往逝的死者。婉转的曲调如同雨后天空般一尘不染,带着一丝意大利式的忧伤,甜蜜宁静的忧伤。

秦永明等了三十分钟左右,正准备起身离去的时候,他看到了刘依君。

没想到她真的会来。

"要喝点什么吗?"

说话的时候,秦永明觉得自己的表情有点僵硬。

刘依君眼圈有些发红，摇了摇头，说道："不用了，我喝不下。"

秦永明有点不自在，因为在这么尴尬的情况下，无论说什么都是错。

"我看了你发给我的微信。"刘依君抬起头，忽地瞪大了那双曾经令秦永明魂牵梦绕的明眸，口气仿佛是在乞求一般，"你真的要和我分手吗？我们在一起两年，你就一点都不珍惜？为什么要这样对我！"

秦永明移开视线，不去看她，没有说话。

刘依君略顿了一顿，又道："她是不是很漂亮？"

"小君……"

"你就回答我，是或不是！"刘依君怨恨地瞪着他。

"是……"

刘依君双手掩着脸，哇的一声哭了起来。她嘴里还不停地在说："秦永明，你为什么这样对我！你和李晓蕾做出那些龌龊事的时候，我原谅了你！没想到，最后你还是背叛了我！你就是人渣！你不配做男人！"

秦永明伸出手，将刘依君掩住脸的手，拉了下来："对不起，小君。我……我也不知道为什么，自从见到安娜那一刻，我知道，我的心里就再也容不下别人了。等大学一毕业，我就会和她结婚。小君，你是个好女孩，可是对不起，我们不合适。是的，我不配做男人，我更配不上你这么好的女孩。"

"这种话，你究竟和多少女人说过！"刘依君挣开秦永明的手，站了起来。

"听我解释，小君……"

"我不要听！"

"安娜是我的女神，我真的很爱她。请你原谅我，对不起……"

"你会后悔的……"刘依君的表情起了变化,恶狠狠地直视秦永明,"你会为你所做的事情,付出代价!"丢下这句话,她便离开了。

秦永明坐在椅子上,看着眼前早已凉了的咖啡,深深叹了一口气。他心想,新的生活就要开始了,而告别过去,则是迈入新生活的第一步。刚才的事并没有对秦永明的心情产生什么影响,他在座位上伸了个懒腰,然后招呼服务员买单。

离开咖啡店,秦永明又接到了一个电话。大学里的一位前辈邀请他参加一个饭局。秦永明却之不恭,只得赴约。他给王安娜发去一条微信,没等她回复,便把手机塞入外衣口袋中,然后叫了一辆出租车,赶往约会地点。

三个小时的饭局让秦永明感到非常无趣。

和学长们吃过晚饭,秦永明带着几分醉意,晃晃悠悠地离开了饭店。

坐车回家的路上,他忽然想起了方才刘依君提到的一个名字——李晓蕾。

那根本是个意外!

他摇着头,试图把李晓蕾的样子驱散。

就在昨天晚上,李晓蕾还在秦永明的宿舍楼下等他。秦永明从窗外看见了她,吓得魂飞魄散。一时糊涂,难道要付出一辈子的代价?开什么玩笑!他越想越气,索性关上了窗,拉上窗帘。眼不见为净。

公交车行驶得很慢,离到家还有五站路。

不过,称之为家或许还不合适。那里只不过是秦永明和王安娜新租的一套两室一厅的房子而已。秦永明拿出自己在酒吧打工的钱租来的。这件事,双方的父母都不知道。

"我回来了。"走到出租屋门口,秦永明用手拍了拍门。

往常，王安娜一定会蹦蹦跳跳地跑来开门，并且给秦永明一个温暖的拥抱。

可是今天没有。

"宝贝，我回来了，你在吗？"秦永明又拍了两下，还是没人回应。

他皱起眉头，伸手在口袋里找钥匙。

难道在洗澡？也不像。这个点王安娜是不会洗澡的。还是出门了？可她去哪里了呢？车上打开手机，并没有收到过她的短信，而平时，无论做什么，王安娜都会先征询秦永明的意见。就连出门见朋友，都要先得到他的首肯。

——咔嚓。

钥匙插入门锁，然后转动。

客厅里一片狼藉，原本整齐的物品散落一地。秦永明感到刹那间，气温仿佛低了很多，他的身体在发抖。他勉强使自己镇定下来，脱下鞋，往里走去。可是，之后等待他的却是更令人绝望的画面。

大厅中央悬挂着一具女尸。

不幸的是，那具尸体，就是秦永明心中的女神——王安娜。

2

命案现场是位于九龙路一个老式居民区里一套两室一厅的住房。

房间整体面积大约有七十平，虽然算不上大，但两个人住绰绰有余。唐薇站立在原地，心想什么时候能够自己买一套这样的房子就好了，把那间一居室的小公寓卖了，付个首付，然后再贷款换套大房子。

眼前的这个房间颇为杂乱。唐薇看着房间里忙忙碌碌的调查人员和法医，又看了看坐在房间角落里心神恍惚的秦永明，心里非常不是滋味。虽然还未结婚,但也是一段刻骨铭心的感情,他也没有想到自己的女友竟会在家中上吊自杀。验尸官正跪在尸体边上取样调查,过了一会儿,才转头对唐薇说道:"唐警官,我想她是窒息而死的,这点毫无疑问。"

"死亡时间是什么时候?"

"我想应该是下午五点到六点左右吧,具体时间还要把遗体运回去做进一步检验。"

"辛苦了,先把尸体带走吧。尸检报告出来之后,通知我们。"

"好的。"

唐薇走近放在墙边的书架。书架上都是最新出版的推理小说,大部分都是日本推理作家的作品。她看了一眼后,戴上手套,小心翼翼地抽出了其中一本。那是她熟识的一位作家写的小说。书名叫作《骷髅庄事件》,作者的名字叫韩晋。

"哟,这不是韩晋老师的小说嘛!"

刑警队长宋伯雄走到唐薇身边,语气中带着一丝惊愕。

"是啊,没想到在这里还能看见他的小说。"唐薇把书放回原处,又问了一句,"两个人都是在校大学生吧?"

"嗯,现在的小孩真不得了。年纪轻轻就同居了。在我年轻的时候,完全无法想象。"

"时代在进步嘛。"

"这个案子,你怎么看?"

唐薇耸了耸肩,苦笑着说:"可能还要再观察一下现场才有结论吧。"唐薇一直喜欢在其他同事的勘察结束之后,再开始自己的调查,大抵这样更能让她专注吧。

她回过头去看身后的客厅。

灰色的布艺沙发上，放着两只红色的抱枕，沙发前置着一个玻璃茶几。茶几上，倒着一罐打翻的橙汁，溅出来的橙汁把墙壁也染黄了，位于茶几后的沙发也未能幸免。唐薇把目光投向沙发后的墙壁。可能他们搬进来时重新刷过墙漆，墙壁显得很白很亮，墙上贴满了死者和秦永明的照片：旅行的合影、在餐馆吃饭的合影、参加别人婚礼时的合影，还有他们二人在学校的合影。

"咦？这是什么？"

唐薇弯下腰，从地上捡起一张被揉成一团的相片。她轻轻地展开了这团照片，然后用手掌将其抚平。原来，有人将这张相片一撕为二，再将其捏成团丢弃在地板上。一看便知，这是秦永明和王安娜的合影。她取出证物袋，把相片放入其中。这时，她发现相片上竟然也沾有不少橙汁。

唐薇心想，是不是这个秦永明做了对不起王安娜的事，让她愤怒地撕碎两人的相片，然后投缳自尽？

"唐警官，来这边看一下。"同事在厨房喊她，"果汁应该是从冰箱里取出的。"

唐薇应了一声，然后走到了厨房。她打开冰箱，朝里望了一眼。非常整洁，这是唐薇的第一印象，可乐、啤酒、果汁、蔬菜都各归其位。当然，也有一瓶可乐被放置到果汁的区域，不过这无伤大雅。接着，唐薇转头对着冰箱左边的桌子观察起来——餐桌上放着一份中间一圈有些皱皱的新闻早报，还有一些橙子之类的水果。没什么特别值得注意的事，她心里这么想。

再次回到客厅后，宋伯雄指着地板对唐薇说道："你发现没有，这地上有许多小珠子。"说完，他便蹲下捡起一颗，仔细端详起来。见状，唐薇也学着他的样子，从地上拿起了一颗小珠子。

这是一颗紫水晶珠,应该属于平时戴在手腕上的水晶手串。地上还有许多,唐薇把证物袋拿出来,将地上所有的紫水晶珠一颗一颗都捡了起来。

最先到现场勘查的小张完成调查工作后,便跑来向宋伯雄汇报情况。死者名叫王安娜,今年二十岁,死因系机械性窒息。身上无明显伤痕,自杀可能性极大。自杀动机有可能是因为发现男友秦永明与过去的女友还有往来,导致王安娜对生活感到绝望所至。最先发现尸体的是王安娜的男友秦永明。

"秦永明之前的女友,叫什么名字?"唐薇问道。

"刘依君。"小张翻了几页记事本,压低声音说道,"不过和秦永明有染的,不仅仅只有这个女的。这个秦永明女人缘不错,到处拈花惹草,普通女人哪里受得了他!"

这样看来,这起案件应该是自杀案无疑了。自杀动机也成立,唯一的遗憾就是死者没有留下遗书。唐薇看着墙上的照片,他们两人笑得多灿烂,可惜再也没有机会了。

秦永明还是神情木然地坐在角落里,一动不动。

宋伯雄走过去,拍了拍他的肩膀,对他说:"节哀顺变。"秦永明朝他点点头,说道:"我明白,只是……"话还未说完,他把头埋进了手掌里,兀自哭泣起来。

这时,唐薇突然发现地上散落了许多书籍。这些书籍,淹没在其他杂乱物品中,所以显得不是特别突兀。

"这是不是她自杀时垫脚用的?"唐薇忙问身边的小张。

"是啊,周围也没有椅子,只能用这些书来垫脚。恐怕是她投缳之后,再一脚把叠起来的书籍踢翻的吧!"

唐薇走过去,把地上散落的书籍一本一本收好,然后,慢慢叠了起来。这些书籍都有一个共同点——开本极大，几乎都是十六开或者大三十二开的尺寸。完成工作后，这些摞起的书籍就可以被当作小凳子来使用。唐薇脱下鞋子，然后赤脚踩在书上，比了一下位置。

绳环对她来说太低了。

唐薇净身高有一米七二，看来死者要比她矮上不少。

"王安娜的身高是多少？"她站在书堆上问小张。

"应该是一米五左右。"小张查阅着手中的记事本，认真地回答道。

"不对劲！"

"王莉，你来一下！"唐薇招呼身边那位皮肤有些黝黑的女警，"你把鞋子脱了，来试试看！我觉得这个绳圈的高低有问题。"那位叫王莉的女警站上书堆，然后用下巴比了一下位置，接着朝唐薇点了点头。

"你多高？"唐薇忙问王莉。

"不穿鞋的话，一米六左右吧。"

"这是怎么回事？"站在一旁的小张也看出了问题。

"如果这根绳圈是为王安娜准备的话，那么，它的高度就不对。对于身高只有一米五的王安娜来说，这个位置太高了，但书籍却只有这些，厚度不会增加。"唐薇冲着众人，大声宣布她得出的结论。

秦永明拨开众人，走到唐薇面前，用颤抖的声音问道："你说什么？"

唐薇直视秦永明的眼睛，一字字道："王安娜踩着这堆书，下巴也够不到绳圈的高度，她无法完成自杀的动作。换句话说，王安娜根本不是自杀，而是被人谋杀的！"

"这……这怎么可能……"秦永明完全僵住了。

"而且……"唐薇的眼神变得凌厉起来，"秦先生，你的嫌疑最大。"

3

记得是五月中旬的某天,我和出版社的朋友吃过午饭,踱步回到了位于思南路的住所。

才推开门,我便听见有人在屋内争论的声音。通常与陈熠争执不下的人都是我,今天难道来客人了?怀着好奇的心情,我快步走进了客厅。

"我完全不同意你的观点,你这样只会耽误人家!"我看见唐薇警官叉着腰站在陈熠面前,对他大声喊道,"你知道女孩子的青春只有几年吗?"

反观陈熠,则是一副爱理不理的样子,整个人躺在沙发上。

"唐警官,什么风把你给吹来啦?"我放下手中的公文包,然后把外套挂在衣架上。

"我和你的陈教授正在讨论爱情的问题!完全聊不到一起!"唐薇气鼓鼓地说。

"爱情问题?"我怔了一怔,惊呼道,"难不成你们两个恋爱了?恭喜啊!"

唐薇冷笑一声,说道:"鬼才会喜欢他这样的人。我和陈教授在讨论,晚婚和早婚哪个危害更大!他认为越晚结婚,婚姻的质量才越高。这个观点我无法苟同。"

"我可没胡说,这是一个数学问题。"陈熠懒洋洋地说。

"爱情和数学有什么关系?"唐薇毫不示弱,"你就是在狡辩!"

陈熠站起身,弯腰给自己倒上了一杯红酒,嘴上说道:"是否存在一种择偶的博弈方法,能使自己可以有最佳的机会,寻找到自己最中意的伴侣,是吧?"他说到这里,顿了顿,然后指着茶几,续道,"假设茶几上有一堆卡片，每张卡片上都有一个数字。但是卡片面朝下，你无法得知卡片的数字是多少。虽然你知道卡片有多少张，但你不知道卡片上写着什么数字。这些数字可能很大，也可能很小，你的目标是选择最大数字的那张，这时你该怎么办？"

"爱情和卡片有什么关系？这样类比合适吗？"唐薇不屑地说。

"只能看运气了吧！"我答道。

"这时，你必须选取现有卡片中一定比例的卡片，作为一个进行比较顺序用的数据库。我简单说吧，那些满足你们标准的配偶，就像高数值的卡片，而不满足的则是低数值，你们永远不会知道卡片上的数值最大会是多少。唯一说得准的，是知道你们会用于约会的时间应该有多长。假设，从二十岁一直约会到四十五岁，但在那之后你遇见配偶的可能性会减少，你最佳约会时间的长度，可以比作茶几上卡片的数量，而用于比较的数据库大小……"

说实话，我完全不明白陈熘在说什么，一点也听不明白。我忍不住道："你能不能说得简单明白一点？"

陈熘显得有些不耐烦，于是放下手中的酒杯，走到身后的黑板前，用白色粉笔写下了一串数字，口中道："用 $1/e$ （$e=2.71828$……即自然对数的底）乘以一生的黄金约会时间，所以 $1/e$ 是大约 37%，如果你现在是二十岁，黄金时间持续到四十五岁，那么二十五的 37% 就是九年多一点。所以，你可以约会到二十九岁，之后一旦遇到比二十到二十九岁之间约会过的任何人更中意的对象，就可以决定结婚了。就好比买房子，了解更多可供选择的房子，才能看出哪些房子是最优秀的！"

我真服了陈熘，他可以用最复杂的语言，来阐述一件显而易见的事。

正当唐薇继续和他辩论的时候，我发现茶几上放着一沓案件资料。我伸手拿起来，翻看了两页，是近期发生的一宗伪装自杀的案件。我大约花了十五分钟,把案件的大略情况了解了一下:一位名叫王安娜的女大学生,在出租屋自缢而亡,但是警方发现了一个疑点,从而推翻死者自杀的结论,定性为谋杀案。

如此看来,唐薇来找陈爔,并不是为了讨论什么"爱情问题",而是为了这个案子。

唐薇见我翻阅案件资料,凑过来说:"韩晋,你怎么看?"

我指着嫌疑人资料上的照片,说道:"你说得对,这个秦永明确实嫌疑很大,要好好调查一下。"

见我们讨论得热烈,陈爔却在我们身边冷笑起来。这笑声听起来格外刺耳。

我悻然道:"你有什么高见?"

"我倒认为,这个秦永明是无辜的。"陈爔扬起单边眉毛,语气中还带有一丝挑衅。

"喔?为什么?"

"如果我是秦永明,绝对不会犯这种低级错误。"陈爔不容置喙道,"在这个世界上,除了死者的父母,恐怕没有人比他更了解死者了。毕竟他们是恋人,又同居在一起。"

我立时反问道:"什么意思?"

陈爔大声道:"韩晋,你怎么还是那么迟钝啊!如果你是秦永明,伪装自杀的时候连垫脚用的书籍都考虑到了,会不去考虑高度吗?"

"你的意思是……凶手是不知道王安娜身高的人?"

"不,不是这样。"陈爔摇头否定道,"凶手如果不知道王安娜的身高,那他应该会更谨慎地布置现场,或许会做一下测量工作,然后再做计算,调整书籍的数量。但是凶手没有,很自信地认为,王安娜的身高,就是一米六。"

"这说明什么?"我还是不明白。

"简单来说,就是凶手见过一米六的王安娜,却没有见过一米五的王安娜。"

越听越糊涂了。

陈燔从案件资料中,取出一张警方在出租屋拍下的照片,指着其中一张说道:"这个鞋柜里,你们发现了什么?你们看,这个蓝色的块状物,其实就是增高鞋垫。只要把这种东西放入特定的鞋子里,就可以从外观改变身高!"

此时,别说我,就连唐薇的脸上,都现出了一种极其惊讶的神色来。

"简而言之,凶手一定符合两个条件。"说到这里,陈燔顿了顿,右手伸出了两根手指,"第一,在户外见过王安娜;第二,在室内没见过王安娜。如果从这点来看,秦永明当然不是凶手,他比任何人都清楚王安娜的真实身高。"

唐薇忙问道:"那我们现在该怎么办?"

"找秦永明谈一谈。"陈燔摇晃着手中的红酒杯,意味深长地说。

4

我们俩跟着唐薇回到警局时,秦永明正坐在审讯室的沙发上。小张在询问他的不在场证明。可能是因为心理压力过大,他的精神状态极差,整个人看上去糟透了。

小张问道:"关于你提供的证词,需要再问一次。这是例行公事,请见谅。案发当日,下午五点至六点的时候,你在哪里?"

"在和朋友吃饭。"秦永明答得很干脆。

"关于这一点,你的两位学长异口同声说确实约过你。可是他们醉酒之后有些神志不清，也难保你是不是在灌醉他们之后离开的。”

“饭店的服务员应该能够做证吧？”

“我们去问过，可是他们似乎对你没有什么印象。”

“摄像头呢？”秦永明有些焦急，“那东西总会有吧？”

“我们会去调查的。秦先生，想请教一下，王安娜小姐最近有没有得罪什么人，或者与什么人结仇？”

“应该没有吧。她平时待人处世都不错，和邻居的关系也搞得很好。”

小张快速地把秦永明说过的话写在记事本上。

“这个……我知道了。那请你回忆一下，王小姐最后一次和你见面的时候，说了些什么？”

“她说这次过年，准备带我回她家见见父母。我们想毕业之后就结婚。”

唐薇走近小张，俯身在他耳边说了几句。小张点了点头，然后起身离开了审讯室。

“打开天窗说亮话吧，秦先生，我们认为凶手不是你。”唐薇盯着他看，神情十分诚恳，“可是我们需要你协助调查。你要配合我们，回答一些问题……”

“自从我进警局，就一直在回答问题。”

“那些都是废话。”唐薇说，“没有任何意义。”

“那什么问题有意义？”秦永明反问道。

唐薇把刚才在陈爝家中的推理，又向秦永明复述了一遍。顺便也介绍了一下我和陈爝。他听见我名字的时候，忽然两眼放光，非常激动地要站起来。原来，王安娜是我的忠实读者，听秦永明说，她还一度以为陈爝这个人物，是我为了故事需求而虚构的。

"如果真按你们所说的话，确实有两个人，符合这两个条件……"秦永明若有所思道。

"喔？是否方便告诉我们名字，或者联系方式呢？"唐薇拿出记事本道。

"一个叫刘依君，也是我的同学，在学校里和王安娜见过几次。她是我的前女友，案发那天还来找过我。"

"找你做什么？"

"我提出分手，她可能觉得难以接受，说是要见一面。"

"所以你们就见面了？然后发生了什么？"

"我告诉她，王安娜是我的女神，没有人可以替代。刘依君听了，觉得难以接受，所以就……就威胁了我……"秦永明低下了头，"其实，原本我不想说的。毕竟她是我的前女友，买卖不成情义在，我也不想她出事。"

"另一个呢？"唐薇催问道。

"李晓蕾，她……她一直缠着我。我拒绝过她，我跟她是不可能的！可她就是不听，我有什么办法？"

"你们是怎么认识的？"

"我在酒吧打工，她在酒吧驻唱，我们就认识了。说起来，她还比我大好几岁呢。其实和她好是一场意外。那天晚上，我喝醉了，根本不记得发生了什么，就是早上醒来的时候，看见她睡在我身边。但是她一直让我负责！你们说，我一个学生，能负什么责？"秦永明说话的时候愁容满面，像是要把闷在胸中的恶气尽数吐出。

"看来还是你吃亏了。"陈燔在一旁看不过去，冷言冷语地讽刺他。

秦永明不理陈燔，继续说道："总之我和她现在毫无瓜葛，她将来是死是活，和我无关。"

唐薇把两位女性的联系方式记录下来后，就让他回去了。

秦永明走后，我们立刻驱车赶往饭店，抽调监控录像，调查他的不在场证明。根据法医给我们的验尸报告，王安娜准确的死亡时间应该是五点半至六点之间。也就是说，如果秦永明在这段时间内有确切的不在场证明，那他一定不是杀死王安娜的凶手。

运气不错，那天摄像头确实有记录，把秦永明从犯罪嫌疑人的名单上划去。

在确认过秦永明的不在场证明后，我们又回到了车上。我问陈燨接下来我们去哪儿，先找女学生刘依君，还是酒吧女李晓蕾。陈燨说晚饭还没吃，不如先找个地方吃饭吧。被他这么一说，我也感觉一阵饥饿感来袭。于是我们三人找了家快餐店，胡乱吃了些东西。

"对了，上次那几颗紫水晶珠上面，检测出指纹了没有？"吃饭的时候，陈燨问唐薇。

"很可惜，没有指纹。"唐薇喝着可乐，回答道。

"好的，明白了。"陈燨一直低着头，没有继续说话。

吃过饭后，我们先到刘依君就读的大学，找到了她。

学校毕竟不太方便，我们约在了离宿舍区比较近的一家茶楼。

"今天我们来找你，就是想问问你王安娜的事。"我一坐下便开门见山地问道。

"我知道你们一定会来找我的。说实话，我也没想到她会搞成这样。"

刘依君素面朝天，看上去像高中生，比实际年龄还小几岁。

"你们见过吗？"

"学校里见过，她中文系，我学新闻的，抬头不见低头见。"

"你是不是很气王安娜？"

"是的，她抢走我的男朋友，所以我恨她。"刘依君毫不讳言。

"怎么不说是秦永明滥情呢？据我所知，他交过的女朋友，两只手都数不过来吧？"唐薇直言道。

"总之我不喜欢这个女人。"

"你知道秦永明很花心吧？"

"知道。"

"那你为什么还和他好？"

"因为我以为，他和外面那些女人只是玩玩的，他心里最爱的只有我。"

真够蠢的，我心想。不是有人说过，恋爱中的人智商都是负数吗，陈燨有次拿这句话来嘲笑我，说如果真的是这样，那韩晋你是天天在恋爱咯？真是太可恶了！

"王安娜出事那天，下午五点半至六点，请问你在哪里？"

"你问的是不在场证明吧。我那天下午五点多的时候在宿舍睡觉，室友都出去玩了，所以没有不在场证明。"刘依君如实说道。

之后，我们又随便聊了几句。陈燨可能是觉得无聊，很快就站起来，很绅士地向刘依君伸出右手。

"谢谢你协助我们调查。"

这时刘依君忽然怒气勃勃，骂道："少跟我来这套！你们别以为我不知道你们在想什么，是不是认为我就是杀死王安娜的凶手？我为什么要杀她？虽然她抢走了我的男朋友，可我也没必要杀死她啊！"

这时气氛有一些尴尬，我忙出来打圆场，说道："你误会了，他们只不过是执行一下程序而已。"刘依君看了我一眼，叹道："对不起，是我脾气不好。如果没有什么事的话我先走了。"说完，便站起身来，左手提着拎包走开了。

我和唐薇相视一笑，心照不宣——陈燩也会有碰钉子的时候！

接着，我们按照地址，又找到了李晓蕾工作的酒吧。

李晓蕾的形象，和我想象的差不多——穿着性感，脸上化浓妆，似乎对什么都不屑一顾。很难相信这样的女孩，竟然也是个痴情女子。

"你们知道什么是爱吗？"李晓蕾从包里取出一盒烟。

她这句话，我们都不知道怎么接，所以都没说话。陈燩见她要抽烟，从口袋中取出一个银色的打火机，递给了她。

李晓蕾给自己点了支烟，然后把烟盒递给我们。我们三人同时朝她摆了摆手，示意并不抽烟。她冷笑一声，自顾自吞云吐雾："爱，就是愿意为他死。爱，就是没了他，我活不了。你们不懂。"

酒吧的音乐很吵，需要很大声才能听见对方说话。

唐薇喊着问她："所以你一直纠缠秦永明？可他还是个孩子啊。"

"孩子？哼，我可没见过哪个孩子像他那么……"李晓蕾把烟灰随意弹在地上，"跟你们说实话吧！是他先来招惹我的。他来撩我，你们懂吗？纠缠？他就是这么跟你们说的？我跟他的时候可是第一次！你们见我天天混这种场子，觉得我很贱是吧？哼哼……"

她有点说不下去了，把脸别了过去。也许在忍住快要流下的眼泪。

"我也才二十出头，我家里穷，父母又没文化，读不了书，很早就出来打工了。"李晓蕾的眼神轮流扫视着我们，"你们是不是特别看不起我？"

"对不起，我们是来查案子的，不是来听你讲故事的。"唐薇面无表情地说，"请告诉我案发当日你的行踪，五点半到六点身在何处，有没有人能够证明？"

李晓蕾嘴里叼着烟，对着唐薇摇头。

"好，今天麻烦你提供线索。"这时候，陈燩突然很奇怪地伸出右手，想和李晓蕾握手。

我和唐薇都惊呆了，明明询问才刚开始，为什么陈燔突然说出这种话？

李晓蕾也大方地和陈燔握手，笑着说："你长得挺帅的嘛，也是警察？"

"你的手指甲很漂亮。"

陈燔松开了手，对她表示了赞美。我也看见，她手指上涂抹了一层粉红色的指甲油。

"真有眼光啊，我托朋友从法国给我买的，中国还没有呢。"李晓蕾笑得很高兴，看来每个女人都喜欢别人夸她美丽，无一例外。

我们快要离开的时候，李晓蕾像是突然想起了什么，忽然对陈燔说："对了，打火机还给你。谢谢你！"陈燔接过之后，朝她笑了笑。

"看不出来嘛，陈教授很会泡妞啊，平时经常出来玩吧？"刚离开酒吧，唐薇就揶揄起陈燔来，"装得倒是一本正经的样子，果然人不可貌相。"

陈燔瞥了她一眼，把口袋中的银色的打火机丢给了唐薇。

"查一下。"他说。

5

天色渐渐暗了下来，黑夜开始笼罩整个城市。

由于连日降雨，空气中弥漫着一种潮湿的气味。通常这种天气，我都会和陈燔窝在家附近的酒吧"Next Time"喝点小酒。这家酒吧的老板娘叫宋宇，是我多年的好友。她从美国留学回上海后，就自己投资开了这家店。

她除了能干之外，人也长得非常漂亮，虽然有些年纪，但风韵犹存，魅力不输给年轻女孩。而且她还是陈爝的头号粉丝，经常缠着我给她讲陈爝的事迹。

"只要你带陈教授来，一律免单！"有一次，她竟然这样对我说。

往那儿以后，我没事就会带陈爝来这里坐坐。当然酒水钱照付，这可不能占人家便宜。不过这天却不同以往——竟然是陈爝提出要来这里，而且还主动打电话叫上了唐薇。这可是非常少见的情况。

"真是太阳打西边出来了。"唐薇刚坐下，就开始调侃陈爝。昏暗的灯光下，我勉强能够看清她露出的笑容。

陈爝喝了一口啤酒后，犹豫片刻，才轻声说道："真抱歉，前两天我回了一次洛杉矶，把这边的事耽搁了。手上有了那么多线索，原本我以为警方已经解决了，谁知还在进行侦查。看来我太高估警方了。另外，你发我的微信我也是今天上午刚收到。"

"你是说王安娜的案子吧？"唐薇生气道，"我以为你忘了呢！你让我查的事，我也早就短信给你了，你都不回我！"

"抱歉，我去时太匆忙，连韩晋都没通知。"陈爝举起手，又要了一瓶喜力。

"你去美国做什么？"

"洛杉矶发生了一起连环杀人案。我在网上看了相关的报道，然后联系了之前警察厅的熟人。"陈爝说着，用手指推了一下桌上的玻璃烛台，"我觉得被害人被杀害的日期非常古怪，仔细一看才发现，原来凶手是按照'斐波那契数列'的顺序杀人。于是我去了洛杉矶，协助他们抓住了这个连环杀手。"

"案子破了吗？"唐薇好奇地问。

"花了我两天时间。"陈爝语气有些沮丧。啤酒来了，他接过之后，一口气喝了半瓶。"美国的事以后再谈，这次约你出来，主要是说说王安娜的案子。"

我和唐薇都没有说话，只是看着坐在我们面前的陈燨。这种情形太熟悉了，之前数十次谜案，都是在陈燨娓娓道来的语调中，就轻松解决了。

"其实只要仔细观察，不难发现这次案件的凶手到底是谁。这一切都很简单。"陈燨放下酒瓶，开始叙述事件的真相，"王安娜被人勒死后，凶手将现场布置成了自杀。一切看似很完美，死者的自杀动机也很有说服力，可是凶手却忽略了死者脚下那堆垫脚的书籍，而且搞错了死者的身高，这让所有计划前功尽弃。"

我一边听着陈燨的叙述，一边回忆前几天所遭遇的一切。

"现在，我们要依靠现场的证物来进行推理，找出真相。首先引起我注意的是冰箱边上的那张报纸，这个先按下不表。当我看了唐薇所提供的案发现场的冰箱照片，就更确定了我的看法。冰箱里易拉罐的次序很整齐，果汁归果汁，可乐归可乐。我想这一切应该都是王安娜所为，因为我听秦永明说过，他从不做家务，又怎么会去整理冰箱、在乎冰箱中食品的顺序呢？但是我仔细看过现场照片后，却发觉了一件奇怪的事情——有一罐可乐放在了果汁的位置上。这说明了什么呢？我想这罐可乐一定不是王安娜放进去的，她不会这么粗心。直到这里，大家都同意我的观点吧？"

陈燨说到这里，用眼神扫了一遍我们。我和唐薇纷纷点头，他才肯继续说下去。

"既然可乐罐不是王安娜放进冰箱的，那一定是凶手放的。为什么呢？因为凶手不想让别人知道他来过。现在，一切都清楚了。王安娜为了某人，从冰箱中替他拿了罐冰可乐，也为自己拿了罐果汁，其中一罐果汁被打翻在茶几上，这是后话。可那凶手并没有喝这罐可乐，并把这罐可乐原封不动地放回了冰箱。为什么要凶手亲自把可乐放进冰箱？这说明当时王安娜已经失去了行动能力，很有可能已经死了。"

我倒吸一口凉气，感觉心脏怦怦怦在猛跳，好紧张。

陈燨续道："不知道你们有没有注意到这张现场照片——在冰箱左边的桌子上，有一张新闻晚报，而晚报中间，有一圈圆形的皱痕。那时候我就很在意，这是什么造成的呢？我之后还特别询问过现场勘查人员，确定是和易拉罐底部形状大小一致。也就是说，有人将冰冻的易拉罐放在了报纸上造成的。那为什么要把易拉罐放在报纸上呢？其实很简单，我们模拟一下当时的场景就明白了。凶手拿着一罐易拉罐可乐来到冰箱前，一只手拉开冰箱的门，将可乐放进冰箱内——大家注意了没有，这一系列动作中，凶手并不需要将冰可乐罐放在桌子的报纸上。"

"凶手为什么要做这个动作？"我迫不及待地问道。

"那只有一个可能，凶手不得不这么做！我们再来模拟一下，你单手拿着易拉罐，走到冰箱前，然后将易拉罐放在报纸上，再用单手将冰箱门拉开，把可乐放进去——要完成以上这一系列动作的前提是——你，有一只手不能用！"

我听见身边的唐薇忽然低声惊呼起来。确实如陈燨的推理，如果我只能用一只手，那么单手也只有一个用处，不可能既拿着易拉罐，还打开冰箱的门。

"现在，一切都很明显了。凶手是一个只能用一只手做事的人——所以，我们也可以这么看，凶手在勒杀王安娜的时候扭伤了自己的手臂，而且非常严重！严重到甚至不能把手抬起来的地步！而这个人，就是刘依君！"

"你怎么知道刘依君的右手受伤了？"唐薇疑惑地问。

"各位是否还记得，那天我们去茶楼见刘依君，临走之前，我去和她握手？"

"你是在试探她！"我大声道。

"没错，但是她却没有抬起手来，而是莫名其妙冲我发火。她就是想掩盖自己右手受伤的事实。不过这没有用，有人看见她在案发后第二天，曾经偷偷去过医院，我想警方去那家医院调一下病历，应该不是什么难事。"

"真没想到，看上去文静的女学生，竟然是个杀人凶手！"我用拳头敲着自己的额角，感觉这个世界太疯狂。

"我可没说刘依君是杀人凶手。"陈燔淡淡地说。

"什么？"我惊叫起来，"明明是你自己刚才说的！怎么还抵赖！"

"我只是说，刘依君因为勒杀王安娜，而使得自己肩膀手臂受伤。但是真正杀死王安娜的，并不是刘依君。"此刻，陈燔的眼神变得异常锐利，"因为报纸上的湿痕，让我们推理出凶手是一个只能用单手的人。可那张被揉成一团的照片，却让我改变了想法。"

"照片？"我努力回忆当时现场的资料。

"所以，这张照片上沾有黄颜色的果汁痕迹，一定是罐装橙汁打翻后，且在照片被凶手揉成一团之前溅上去的，这个顺序，没有问题吧？不然的话照片中间也不会有橙汁的痕迹了。"陈燔扬眉道。

我和唐薇一起点头。

"橙汁会打翻，一定是死者被凶手勒杀时挣扎所致，那橙汁一定是王安娜被杀那刻溅到照片上的，这也没错吧？"

我们还是点头。

"好，既然如此，那照片一定是在王安娜被杀后才揉成团的。"陈燨说到这里，故意停顿了一下，才道，"现在问题又来了，照片是从中间被一撕为二的吧？你们大家可以试一下这个动作，要完成这个动作的首要条件就是——两只手！用两只手的食指和拇指捏住照片，然后从中间撕开。"陈燨还拿起桌上的纸巾，亲手为我们示范。

接着，他继续说了下去。

"现在明白了吧！撕毁这张相片，并把它揉成一团的人，一定是两只手都能自由活动的人，而这个人，绝对不会是刘依君。因为按照顺序来看，相片被撕毁应该发生在王安娜被勒杀之后。但刘依君却是在勒杀王安娜的过程中，扭伤了胳膊，因此，只有单手能活动的刘依君，无法将相片撕成两半。"

"也就是说，刘依君杀王安娜之后，还出现了另一个人要杀她？难道在场的有两个凶手？"唐薇也有点跟不上陈燨的思路。

"关于这个问题，之后我自然会解释。接下来引起我注意的是满地的紫水晶珠子。首先，这些珠子一定是凶手在行凶时刻，死者挣扎时扯下，散落在地面的。有两种可能，一，紫水晶手串是王安娜的；二，紫水晶手串是凶手的。我们先来看第一条，这明显不可能。这条紫水晶手串有二十颗珠子，若串成手串戴在王安娜的手腕上，尺寸不合适，太大了，所以不可能是她的。那么，只能是凶手留下的。可奇怪的是，几乎每颗水晶珠上都没有指纹，这到底是怎么回事儿呢？难道是凶手弯下腰，一颗一颗去擦干净的吗？如果凶手有这闲工夫的话，为何不将地上的水晶珠子全都带走？"

说到这里，陈燨看了一眼我们。

"或许他觉得自己的手指没碰到珠子，所以就不清理了吧？"我给出了自己的想法。

但陈燨完全不理会，自顾自说道："错，因为凶手没有时间清理，他刚杀了人,所以必须马上离开!"

"好吧……我也是这么认为的。"我附和道。

"除了水晶珠,警方发现竟然连照片上都没有指纹。难不成凶手戴了手套?不,如果凶手戴了手套,那他无法将贴在墙上的照片撕下来——因为那是用玻璃胶粘上去的,很牢固,很难撕,必须要用指甲去抠才行。难道凶手是脱掉手套,将胶带撕下后再将手套戴上?也不可能,因为就连胶带上都没有一点指纹痕迹,这简直不可思议!难道是凶手用其他工具,慢慢地将胶带扯弄下来?更不可能!凶手必须争分夺秒,有这个时间,还不如将地上的水晶珠子一颗颗捡起呢!那凶手到底用了什么魔法,让自己的指纹消失呢?这个问题,直到唐薇替我检验过那只银色打火机后,我才彻底明白。"

唐薇从口袋中拿出了那只封在证物袋里的打火机。

陈燔拿起打火机,说道:"打火机上有我和李晓蕾的指纹,奇怪的是,李晓蕾的指纹严重损坏,变得很浅,还有破损的痕迹,韩晋,你知道这是为什么吗?"

我摇了摇头。这个时候,我除了摇头真不知该做什么了。

"因为,她曾经用某种方式,破坏过自己的指纹。"陈燔提高了音量,"那时我和她握手,并赞美了她的指甲油,这时候,一个诡计在我脑中形成了。没错,李晓蕾把指甲油反向操作——涂抹在了自己的指腹上,从而可以让自己的指纹暂时消失!之后,只要用洗甲水清洗就可以了。可是李晓蕾用的是进口指甲油,成分有些特殊,所以国内洗甲油并没能完全去除指腹的残留,所以她才用了锋利的刀片去刮,才会有了指纹损伤的痕迹。"

竟然还可以这样,我对李晓蕾的智慧感到五体投地。

"现在,就由我来说一遍整个事件的发展顺序。当天三点左右,秦永明和刘依君相约在咖啡店,商量分手的事,与此同时,李晓蕾敲响了王安娜的家门,并走了进去。她们一进门可能就坐下来,所以李晓蕾并没有太在意王安娜的身高。王安娜并不认识李晓蕾,以为是秦永明的朋友,便取出可乐来招待她,谁知她并没有开罐,只是放着。四点左右,秦永明接到学长电话,于是赴约,刘依君则越想越气,带着绳索就去了王安娜家。从猫眼看见来的是男友的前任,为了避免尴尬,王安娜让李晓蕾先躲进卧房,然后自己去开门。一进门,刘依君便拿出绳索,趁王安娜没有防备的情况下,勒住了她的脖子——直到她不再挣扎。在这个过程中,她踢翻了茶几上的果汁,溅到了墙壁上和照片上。杀完人的刘依君突然害怕起来,迅速离开了现场,走之前还将那罐可乐放进了冰箱——她以为是王安娜给她准备的。而且,她不能让别人看出来王安娜生前招待过客人,必须要给人入室抢劫的假象。为此,刘依君很有可能还翻乱了家里的东西,让这看起来更像是一次入室抢劫杀人案。"

"太可怕了!"我不敢相信这是真的,"她的心思竟然细致到了这一步。"

陈燔冷笑道:"可讽刺的是,王安娜并没有死,只不过晕过去而已。躲在暗处的李晓蕾目睹了这一切,她探了探王安娜的鼻息,发觉她并没有死。此刻的李晓蕾想起王安娜才是秦永明的最爱,有她在一天,秦永明根本不会喜欢自己。想到这里,李晓蕾又收紧了绳索,送了王安娜一程。她还将现场布置成自杀的样子,不然警察迟早会调查到自己的身上。在抱起尸体伪装上吊的时候,她戴在手腕上的手串不小心被扯断,散了一地。可她管不了这么多,反正准备行凶之前,她已经把自己的指纹用指甲油伪装了起来。接着,为了让戏演得更加生动,她把墙壁上那张情侣合照撕成两半,揉成一团后丢在地上。使别人认为是王安娜因为对秦永明绝望而自杀。"

"可是，即便你的推理都是真的，证据呢？我们还是无法将杀人的李晓蕾定罪啊！"唐薇露出了为难的表情。确实，虽然推理合情合理，可是到了法庭，只讲证据。

"证据就在绳索上。"陈燔一副胸有成竹的样子，"多亏李晓蕾用的是特殊成分的进口指甲油。我相信在她第二次勒杀王安娜时，指腹摩擦麻绳表面，一定会留下残余。所以我几个小时前给宋伯雄队长打了电话，运气很好，确实检测到了——李晓蕾所用法国品牌的指甲油，邻苯二甲酸酯指数与国内同类品牌完全不同。这就能证明，当时她确实在现场！"

唐薇竟忍不住鼓起掌来，激动之情溢于言表。"真有你的！陈燔！"她连喝的都没点，直接拿了包就往门外跑，"回头请你喝东西！"

陈燔可能是话说太多，口渴了。他拿起了桌上的啤酒，一口饮尽。

我想，警方应该会以谋杀未遂的罪名起诉刘依君，用故意杀人罪起诉李晓蕾吧？想来也真是可笑，三位如此出色的女孩，竟然都毁在了一个男人手里。

秦永明，不知道他获悉真相之后会做何感想。他今后的路，又会怎么走呢？还会坑害更多无知的少女吗？我不敢去想。

我宁愿那天被勒杀的人，不是王安娜，而是秦永明。

J的悲剧 ——

1

通常我会将和陈爔一起办理过的案件粗略地记录下来,然后附上当时的新闻报道,整理成册,按时间顺序来排列,放置在书架上。空闲时间,我会随手翻阅这些案件记录,挑选最离奇的案件写成文章发表。虽然我和陈爔合租在一起的时间并不长,但关于刑事案件的记录却已经有了厚厚两大本。因为本职工作忙碌,我唯有靠睡前一两小时来进行写作,是以发文速度较为缓慢,敬请各位谅解。

最近手头工作基本处理完毕,陈爔受旧友委托,离开了上海,去洛杉矶办案。左右无事,我便信手取出书架上的黑色资料本,开始翻阅。看看是否能找到一些有趣的案子,扩展成文,以飨读者。

忽然,一块浅蓝色的手帕,从资料本中飘落下来。

我弯腰捡起手帕,看了一眼,忽然,一股悲凉的情绪,从我心底缓慢地扩散出来。

——陈晓敏。

原本以为,这个名字会随着时间流逝,让我越来越陌生。可如今看见信物,那种思念的情绪又回来了。我始终没能忘记这个美丽的短发女孩。

如果,我们能有进一步深入交流的机会;如果,我们可以彻夜长谈不知东方既白;如果,我们相互倾诉心底最隐秘的私语;如果……可惜,已经没有如果,这一切的画面,只能存在于我的想象之中。

与其躲避,不如面对。毕竟她曾经路过我的人生,并在我的生命轨迹中，留下了深深的烙印，我想，即便是终我一生，都无法将这个印记抹去。虽然我们并不算相识相知，但我还是很想念她，不会忘记她。

所以我决定把我和陈晓敏的故事写下来，这个，只属于我一个人的悲情故事。

根据资料记载，这个名为"衡山美院杀人事件"的故事，发生在"平凉路综合医院杀人事件"后一个月。那时我接受了吴茜的建议，开始把现实中的案件改编成小说发表，也受到了不少读者的欢迎。那时候我信心倍增，日以继夜地写故事，冷落了陈燔。不过他倒显得无所谓，整日把自己关在房间里，继续着他那永无止境的数学研究工作。

记得那是情人节的前一周，那天上午八点半左右，我把《濒死的女人》这篇小说改稿完毕，用邮件发送给了杂志社的责编。完工后，我开始寻觅早餐。

下楼的时候，我发现陈燔早早坐在沙发上看书。

"今天这么早起床，太阳打西边出来啦！"我说。

"昨天半夜和原来学校的教授讨论一些问题，聊了通宵，早上反倒睡不着了。"

陈燔和我说话的时候，视线也没有离开书本。

"你早饭吃过了吗？"我问。

"嗯，我在厨房做了吐司和炒蛋，还剩一些咖啡。如果你……"

"免了，我还是出去吃吧！"

我谢绝了陈燔的邀请，然后开始披外衣。

也许是早年留学和长期住在美国的关系，陈燔的饮食习惯和我非常不同。就拿早餐来说，他偏好欧陆式的早餐，而我却吃不惯，还是豆浆油条更适合我的胃。我曾经听说这是因为胃中的蛋白酶，长期习惯消化一种类型的食物的关系。

我刚推开门,就发现今天运气背到了极点。空中滴滴答答开始下雨,不一会儿雨势变大。我无趣地关上门,脱下外套,往厨房走去。

"我说韩晋,别闷闷不乐的。明天我带你去看我朋友的画展吧!身为知名作家,想必你对当代艺术也有一套自己的看法吧?"

陈燨的口气与其说是在安慰,不如说是在嘲讽。

"对不起,我对艺术毫无兴趣!"

我打开冰箱,取出一盒冰牛奶,然后倒进了玻璃杯。

在我的印象中,陈燨曾经学过一段时间绘画,虽然不能算职业画家,可水准在我这个门外汉看来是相当不错。

"不懂艺术的男人啊,难怪你追不到女孩。"

"你在看什么书?"我喝着牛奶,走到他身边。可惜是一本英文书,勉强可以看懂 The Renaissance 这个单词。"是关于文艺复兴的书?"

"是啊。"陈燨用单手把书合上,"身为历史教师,对于这段历史应该不陌生吧?"

"那当然!达·芬奇可是我偶像呢!而且,但丁的《神曲》也是我最喜欢的文学作品之一,不愧是文艺复兴第一人!"我感慨道。

"你认为但丁是文艺复兴第一人,恐怕考虑的是文艺复兴在艺术上的成就吧?"陈燨皱起眉头,显然对我的回答不甚满意,"如果说文艺复兴时期的艺术家群是一棵棵参天大树,那首先需要有肥沃的土壤来滋养他们。从这个角度来看,圣方济各和腓特烈二世恐怕更有资格称为文艺复兴的先驱吧?"

"你说腓特烈二世也就罢了,可圣方济各怎么说也是宗教人士吧?要知道,文艺复兴的特点之一就是非宗教性的!"

"韩晋,所以我说你是一根筋!听好了,圣方济各虽然是神职人员,可在当时绝对是个异类!他所提倡的基督教教义,可不是前人那种严酷的教义,而是充满了爱的教义!换言之,圣方济各带给基督教会的革命,改变了基督教原来的模样。圣方济各修道院对于那些平民没有过分的要求,从事世俗工作和遵守基督教的规定没有冲突,他的伟大之处在于尊重穷人的精神,这种坚持为之后文艺复兴在艺术领域取得的成就铺平了道路。"

"虽然有一定道理,可是……"

"我再举一个例子吧!在圣方济各之前,教堂为了让目不识丁的平民了解《圣经》,都是利用镶嵌工艺把《圣经》中的故事以图解的形式绘于墙壁上。但是这种工艺制作费高昂,而且过分华丽。圣方济各提出教堂是人神相会的地方,不宜华丽,于是壁画出现了!壁画成本低且制作效率也高,又能给人质朴的印象,效果非常好。所以,没有圣方济各,壁画艺术就不可能复兴,文艺复兴时期大部分壁画杰作,都是在圣方济各宗派的教堂里,这就是证据。"

"好吧,总之这种论调我是头一次听说。"

我无奈地耸了耸肩,表现出毫无兴趣的样子。陈爔也没理我,继续低头看书。

可能是起得太早,顿时困意袭来,让我连打了好几个哈欠。我上楼回房,打算再小睡一会儿。躺上床后,也不知睡了多久,忽地听见陈爔在楼下喊我。不知是不是幻听,最近年岁日增,各种奇怪的毛病都开始慢慢显现了。我先是应了一声,接着翻身起床。刚推开房门,就看见陈爔已站在门外了。

"刚才宋伯雄队长来电话,在衡山美术学院的学生惨遭杀害。遗体被布置成了世界名画的模样,死状很不寻常。韩晋,你有没有兴趣和我走一趟?"

2

命案现场位于徐汇区衡山路的衡山美院，靠近徐家汇公园附近，地段也属繁华闹市区。该校成立于一九八〇年，此后衡山美院规模渐大，声誉渐盛，蓬勃发展，成为上海知名的艺术院校。不少当代优秀的艺术家都出自衡山美院，特别是该校的绘画系，其师资力量放眼国内也数一数二。

惨遭杀害的学生被发现陈尸于三号楼的油画教室。整栋灰色教学楼外墙斑驳的痕迹，令它看上去颇有些岁月。禁止进入的黄色封条外，还站着许多不明所以的学生，他们交头接耳讨论着什么。因为四周太吵闹，我也没能听清楚。此外，还有部分媒体记者也闻风而至，翘首期盼着警方的负责人能给他们一些值得报道的新闻。

"借过一下。"我和陈燨挤过人群，跨过黄色警戒封条，进入教学楼。在这个时候，我特意抬手看了表，十点四十分。

我们两个拾级而上，现场在三楼。宋伯雄警官正站在楼梯拐角处等我们。

"你们来啦。"宋伯雄警官朝我和陈燨点了点头，表情为难地说，"这次的凶手简直是个疯子。总之，先来看看现场吧！"

我们跟在宋伯雄警官身后往前走。杀人现场是在走廊尽头右侧的教室，教室里包括刑警与法医共七人，正在进行现场勘察。

"看来凶手是个艺术家啊！"陈燨兴奋地挠着脑袋。

可见了杀人现场，我却抑制不住地想吐。

地板上有个男人，一丝不挂地躺在地上。身体被摆弄成奇怪的造型，男人的手臂笔直地伸向一方，脑袋却无力地垂在了一边。他身体边上被红色的血液包围着，像是一幅画作，我在脑中搜索着这幅画作的名字——创世纪!

没错,尸体的造型,竟然是米开朗基罗的《创世记》中"创造亚当"的那部分!此刻学生的尸体扮演着画作中亚当的角色,身体四周被用血液组成的画作包围。

"凶……凶手为什么要这么做!"虽然协助陈燨侦办过不少杀人事件,可是像这么有冲击力的杀人现场,我恐怕是头一次见到。

对我的询问,宋伯雄警官摇了摇头,答道:"现在还不清楚,不过可以肯定的是,凶手这么做一定有他的理由。不然没道理要如此大费周章地画这么一幅东西。"

用尸体作画?想想也觉得恐怖。

"你们看这边。"

我们顺着宋伯雄所指示的地方看了过去。在尸体头顶的右侧地面上,有人用鲜血写着一组英文单词。

JOHN THE BAPTIST

教室内突然静下来,没人开口说话,只有勘察人员来回走动的脚步声。

"死者名叫李智杰,男性,是这所学校绘画系的学生。死因是后脑被钝器所伤,导致颅内出血。地板上的红色痕迹经过检测为水粉颜料,并不是死者的血液。不过看上去还挺像这么一回事儿的呢。"站在宋伯雄警官身边的青年刑警姓张,此时,他正在认真地向宋伯雄汇报调查结果。

"有时候啊,我还真想知道这些杀人狂的脑袋瓜里,到底装的是什么呢！既然杀了人，为何还在尸体边上画这么一幅莫名其妙的画？"宋伯雄警官微微皱起了眉头，"从这幅'血画'的手笔来看，凶手的美术技巧无疑是很高超的。看来也是个艺术家。不是有人说过吗，艺术家都是疯子，看来这句话也不是没有道理。"

刑警小张继续说道："经过法医初步鉴定，死者的死亡时间应该是在今天上午八点半到九点半之间。最早发现尸体的是这个学院的学生许丽娜和马洪文。根据他们的证词，两人应该是十点左右进的画室，然后发现了尸体。现场保护得很好，没有被破坏的痕迹。"

听到这里，宋伯雄眯起了眼睛，这使眼睛边上的鱼尾纹更加深刻。这时，被害人李智杰的尸体已经被警方运走，只留下了一圈用粉笔画出的人形，地上撒满了许多支油画颜料和装颜料的帆布袋，看起来是死者被袭击时掉落在地上的，还有满地的红色颜料。

"这儿有个水桶，里面装满了水。"现场的一位刑警冲着宋伯雄喊道。

我们走近一看，发现水桶里的水也已经被染成了红色，凶手应该是用这桶水来调色的。在水桶边上，有张被卷成一团的纸巾安静地躺在那儿。宋伯雄用戴着手套的手拿起了那张纸巾，然后轻轻地展开。

——绿色的油画颜料。

那张雪白的纸巾上，有被人擦拭过的痕迹——应该被用来擦拭过绿色的油画颜料。

陈燨像是看穿了宋伯雄的心事般，用手指了指门口，说道："颜料恐怕在那边。"房间门口的地上，确实有一支被踩扁的绿色颜料。

宋伯雄走了过去，发现那支绿色马利牌颜料的盖子已经不翼而飞，一坨糊状的颜料从开口处流了出来——确切地说是被踩出来的。更有意思的是，那团被踩出来的颜料边上有被擦拭过的痕迹。宋伯雄满意地点了点头,然后直起身体,对刑警小张说:"把那两个学生给我带过来,我有些事情想问问他们。"小张点了点头,然后离开了现场。

"你看出端倪了没?"宋伯雄冲着陈爔眨了眨眼睛,看上去心情不错。

陈爔摊开双手,苦笑道:"恐怕要令您失望了,我什么都没有发现。"

宋伯雄哈哈一笑,道:"看来这一次,我要领先你了。"说完自顾自哼起了小曲。

不一会儿,两个学生就被带到了画室边上的办公室。那边被警方改成了临时审讯室。我和陈爔一起走了进去,挨着宋伯雄警官和小张坐。长桌对面是两位学生,叫马洪文的男生身材瘦长,一脸胆战心惊,反观那位女生许丽娜,倒是一副天不怕地不怕的模样,双眼直视宋伯雄。气氛很糟糕。这很正常,谁遇到了杀人案不愁眉苦脸才奇怪呢。

"最先发现尸体的是你?"宋伯雄看着许丽娜。

"是的。"

"没有动过现场吧,或者你们脚上谁踩到过颜料吗?"宋伯雄特意看了一眼马洪文。

"绝对没有。"马洪文的声音有些颤抖。

"好吧。"宋伯雄似乎从马洪文眼睛里看到了什么。"你的手受伤了吗?"

"是的。是前几天打篮球的时候弄伤的,骨折。"马洪文似乎感觉到了什么,"如果不相信,我立刻可以把手上的石膏卸下来给你看,我绝对没有假装。"

"这倒不用。"宋伯雄表情略带微笑,"你去医院绑的石膏吗?"

"不,是在学校里绑的。"马洪文回答道。

"学校的医务室吧？好，那让我问一个……可能会冒犯你的问题吧，今天的八点半到九点半这段时间里，你在做什么？"宋伯雄将头稍稍前倾，仿佛想看透马洪文的内心世界。

"警察先生，你难道是在怀疑我吗？八点半到九点这段时间，我正在学校后面的跑道上晨跑，没有人可以证明。九点之后我就回到了寝室，这点我的室友是可以证明的。"马洪文的声音有些发抖，看起来非常激动，"我根本没有杀死李智杰这个浑蛋！"

"浑蛋？看来你认识死者？你们是什么关系？"宋伯雄眼睛闪耀着光芒。这时，我发现许丽娜的表情非常复杂，像是什么被揭穿一样，惴惴不安。

马洪文毫不介意地说道："这家伙曾经追求过许丽娜，可是被拒绝了。但是他依然纠缠着她，我曾经教训过这个浑蛋。可他就是屡教不改！前几天还在教室门口纠缠许丽娜。"

"所以你就杀了他？"

"不……警察先生，请你相信我……我没有杀他……"马洪文有些心虚地说。

"少乱说！不要随便把别人当凶手！"一直没有说话的许丽娜突然开口道，"没凭没据地诬赖马洪文杀了李智杰，根本是信口开河！"

看来这位许丽娜同学脾气不小，甚至可以说相当火爆。被她这么一骂，宋伯雄的表情显得有些尴尬。他苦笑道："既然如此，那就没办法了。"说完，便慢慢站了起来，接着用下巴示意大家随他重回刚才的教室。

宋伯雄警官的样子很自负，像是已经掌握了马洪文犯罪的证据一般。

教务处主任程子良也赶到了现场，和他同来的是绘画系的两位女教师——蒋姗姗和陈晓敏。前者相貌丑陋,身材臃肿,后者则是位留着亚麻色短发,长相甜美的女孩。如果不是程子良介绍,恐怕在场的人都会以为她是学生,而不是教师。

"既然如此。"宋伯雄将在场的教师和学生都叫到了命案现场,"我就来告诉你们,为什么我认定杀死李智杰的凶手就是马洪文。我可以很明确地告诉大家,发觉你是杀人凶手并不是我乱猜的,这一切都是靠逻辑推理!"

这话怎么像陈燔说的?感觉宋伯雄连说话的手势都在模仿陈燔。我侧过脸去看陈燔,发现他竟双手抱胸,面带笑意地看着宋警官。

"我的天哪!"长相丑陋的蒋姗姗老师尖叫起来,"我们学校竟然出了这么一个丧心病狂的学生。太恐怖了!这是教育的失败!程子良老师,这都是你的责任啊,对学生的管教太过放任才导致今天的局面。"

"这怎么能怪我。"教务处主任一脸无辜地嘟哝着嘴。陈晓敏则不发一言地看着警察,看来她是真的被这场谋杀案吓坏了。

"接下来请大家安静一些,我想说说我对此案的看法。"宋伯雄满怀自信地用眼神扫视了一遍画室里的众人,接着说道,"我几乎可以肯定,此案的凶手是个拥有极高智慧和极高绘画水平的人。绝对不是一个疯子,不然怎么会连一个指纹都不留给我们?所以既然如此,我认定凶手所做的一切都是有意义的,包括用红色水粉颜料在地上创造出一幅《创世记》!你们也不会单纯地认为,凶手只是一个米开朗基罗的追随者吧!既然如此,用红色颜料在尸体边上画一圈画的目的究竟是什么呢?因为凶手想透露给我们一个信息——凶手是一个手脚自如的人!一个可以用右手画画的人!不然凶手就无法完成这幅画作!这是一个凶手留给我们的心理误导,所以凶手必定是右手不能自如活动的马洪文！"

不得不承认，宋伯雄警官的洞察力还是很敏锐的。听了他的推理，我都想鼓掌了。可我却听见了陈燔在窃笑。

"太荒谬了！"马洪文愤怒道，"你说的话里有矛盾！既然我的右手是骨折的，那如此庞大复杂的画作，我怎么可能完成！我现在就可以让你检查，我的手是否真的骨折。"

"这点并不难解释。你完全可以先到学校医务室绑好石膏，而实际上，你的右手根本没有受伤，一切都是你装出来的。在你杀死死者并且完成画作之后，再自己将右手打断，然后套上石膏！这样就算让我检查，也只能证明你的手是受伤的。"

许丽娜立刻反驳道："可九点之后马洪文回到寝室了呀，如此复杂的画作，没有四十分钟的时间，任凭水准再高的画家都是完成不了的！照你前面那么说，马洪文即便是八点半将死者杀害，在九点立刻回到寝室这点上也是完全不可能的！"

"不要急，我话还没说完。"宋伯雄又笑了起来，一脸运筹帷幄的表情，"我并没有说地上这幅《创世记》也是马洪文画的。考虑到时间因素，我又将我的推理稍微调整了一下。按照现场的情况，我现在很自信所推理出来的事情一定是真相。"

他顿了顿，又继续道："我们回到原点，来思考一下凶手为什么要创作出这么一幅血画？其实除了我前面给出的那个理由外，还有一个凶手必须画出《创世记》的理由！那就是要为自己制造不在场证明！凶手先将李智杰敲死，然后把他衣服脱光，摆在画室地板的中央。直到这里，真凶的任务就已经完成了。接下来就要靠帮凶来替他实施——完成这幅《创世记》，以此来为他争取三十分钟的时间！而替凶手完成这幅艺术品的，就是马洪文的女朋友许丽娜同学！"

"你血口喷人！"听见杀人事件殃及许丽娜，懦弱的马洪文也忍不住大喊起来，"你以上所有说的，全都是你自己的想象而已！根本没有证据！"

"我可以再重复一遍，我所说的一切都是逻辑推理，并不是像你所说的想象。我可以当场给你解释一下，为什么我知道许丽娜同学是你的帮凶。"宋伯雄突然正色道，"在画室的门口，有一支绿色的马利牌油画颜料，经过比对，我们肯定它是死者携带在身边的颜料，应该是被凶手殴打时掉到画室门口的。也就是说，凶手和被害人进入房间的时候，那支颜料并不在那里，这点没错吧？"

教务处主任带头点了点头。

"非常好，我继续推理。紧接着，凶手用钝器敲打了李智杰的脑袋，导致了他的死亡，这个时候那支绿色颜料，自然而然地滚到了画室门口。注意了，那个时候颜料还是好好的，身子并没有被人踩扁。凶手完成画作之后，离开了画室，经过门口的时候他不小心踩到了那支绿色油画颜料，导致颜料管扁了下去——那坨糊状的绿色颜料从开口处被挤压了出来。到这里都很正常是吧，可我刚才观察的时候却发现，那团被挤压出来的颜料边上有被擦拭的痕迹！这说明一个很严重的问题——这支颜料被踩过两次！"

听到这里，我简直要鼓掌了！宋伯雄不愧是市局刑侦队的队长，只在现场观察了短短几分钟，任何细微的线索，竟然都能熟记于心。

"无可救药的矛盾！凶手不可能离开的时候两只脚都踩在颜料上，这是不现实的！所以这说明在凶手离开之后，又有另一个人来过这个画室，并且用纸巾擦拭了自己的鞋子！"宋伯雄骄傲地把那个装有纸巾的证物袋拿了出来，"在水桶边上我发现了这张纸巾！雪白的纸巾上有擦拭过绿色油画颜料的痕迹，这就是凶手擦拭过鞋子的证据！怎么样？在证据和动机齐全的情况下，马洪文和许丽娜同学。你们是不是还想抵赖呢？”

教室里寂静无声，大家仿佛都听得到自己的心跳。

“真的……不是我干的。”马洪文说话的声音越来越轻，他觉得，自己在这个老警察的推理面前，任何辩驳都像是在为犯罪找借口。程子良一脸无奈地看着他，语重心长地说：“你怎么可以杀人呢！孩子，这可是犯法的！”许丽娜咬着嘴唇，愤怒地看着宋伯雄，可泪水还是忍不住往下流淌。

啪！啪！啪！

“非常精彩的推理！宋队长，你的推理能力又进步了呢！”陈熠一边拍手，一边笑着说。

“过奖过奖，只是……”

“可惜是错的。”

陈熠的这句话，像是丢入平静水面的一颗石子，让原本安静的教室再起波澜。

“错的？怎么可能……”宋伯雄面露愠色。我也觉得陈熠此举甚不妥当，即便宋警官的推理有误，你也不该在众人面前让他下不来台。

“自相矛盾的逻辑论证……”

“为什么？”宋伯雄还是不死心。

“我不想说太多，只需要一个推理，就可以将你那一大段逻辑推翻！”

“请说……”

“关于那支颜料的推理，简直到了可笑的地步。姑且不论为什么颜料没有盖子这个问题，我相信你肯定没有考虑过，为什么找遍现场都找不到的盖子去哪儿了？我就谈谈你那段颜料的推理。按照宋队长的意思，马洪文杀完人后，离开现场时不小心踩到了那支颜料从而使绿色颜料溢出。然后许丽娜进画室的时候又踩了一脚在溢出的绿色颜料上，接着她拿了张纸巾擦拭了脚上的颜料，然后随手一扔，开始在地上作画。直到这里，没有问题吧？"陈燨把问题丢给了宋伯雄。

"没问题。"

"那张纸巾是在水桶边上捡到的，也就是说当时被许丽娜扔在水桶边上的，也没有问题是吧？错了！有很严重的问题！因为水粉颜料是需要水来调节的，凶手在水桶边上溅出了水花，在地板上有大块红色的痕迹！可那张纸巾却如此雪白！纸巾是很能吸水的，但为什么上面却除了绿色颜料外一点红色痕迹都没有？这在逻辑上说不通啊。只有一个可能性，就是纸巾是在红色颜料的痕迹干了之后，才放上去的。所以你之前所说的推理都是纸上谈兵！这一切的线索都是凶手用来误导警方的伎俩！"

宋伯雄瞪大了双眼，看着陈燨，身体也有些微微发抖。这个漏洞太致命了，恐怕连他自己都没有发现！差点儿冤枉了一个好人。他忙向马洪文道歉，说是自己的失误。

"后期奎因问题！"我惊愕道，"凶手竟然心思细密到如此程度！"

"什么奎因？"提出问题的，是我身后的女教师陈晓敏。

"其实，后期奎因问题是推理小说中的一个概念，这个名词最早是日本评论家提出的。美国推理作家埃勒里·奎因的小说里，经常会出现这样的场景，侦探召集所有嫌疑人和案件关系人，然后开始推理案情。但是，这时候通常会出现新线索，之前的推理就作废了。这种情况在奎因的后期作品中比较常见。"我忙解释道。

"听不懂，好像很复杂呢。"陈晓敏皱皱眉道。

"用一句话简单概括，就是'名侦探也无法确认线索的真伪，所以会影响到推理的正确性'！不过我认为，这个问题在陈燔这里不会出现。因为在案件中只要有细微的矛盾，他就会立刻发现问题所在，就像现在这样。"

"陈燔？难道你是推理作家韩晋老师？"陈晓敏瞪大了双眼，"没想到能在这里见到您！"

"你……是我的读者吗？"

"不，我妈妈是你的读者！你写的那本《超能力侦探事务所》真好看！"

"那不是我的书……"

"对不起，对不起，是我记错了！您别放在心上！"

我们俩同时陷入了尴尬。

3

"在《圣经·新约》中，施洗约翰是祭司撒迦利亚的儿子，因为受到圣灵感召开始布道，在耶路撒冷或约旦一带旷野里呼唤人们悔改并且接受他的洗礼，以使众人的罪孽得到赦免。当时有许多人都来跟从圣约翰，在他的面前承认罪过。"

陈燔将身子深埋于客厅的沙发，双手交臂，为我解释施洗者圣约翰的来历。经过一天的折腾，警察暂时封锁了现场。宋伯雄灰头土脸地走了，临走时还不忘告诉学校工作人员，如果有什么线索，请尽快与他联系。

我问道："那《圣经》里的这个约翰，杀人吗？"

陈燔摇头苦笑道："怎么可能……施洗约翰以理服人，甚至有许多人猜测他便是救世主基督，怎么可能会害人呢。即使对那些十恶不赦的家伙，他也不会伤害他们的。"

"那这次的事件，凶手为什么在完成'血画'之后，又在尸体边上写上施洗约翰的名字呢？"

"关于这点我也不太明白。或许是想让自己代替施洗约翰，用另一种方法对世人进行洗礼吧。比如施洗约翰是用水来替众人洗礼罪过，而他则是用血来洗礼。"

陈燔起身去厨房，给自己倒了一杯红茶，加了两块方糖。

"这件事太可怕了，差点就把无辜的学生给卷了进去。希望宋警官能够早点儿抓住真凶，不然搞得学校里人心惶惶的，学生还怎么学习，你说是不是？"

"你是在担心学生，还是担心老师？"陈燔话中有话。

"当然是学生啦！"

"难道不是陈老师？"陈燔冷笑道，"现场的时候，你的眼神可一刻都没离开过她。"

"别胡说！我只是在想……这事真的就这么完了吗？会不会……"我忙扯开话题，不然陈燔一定会拿这件事嘲笑我一整天，"会不会是连环杀手？"

"如果真是连环杀手的话，我目前只希望他不要是地理稳定型的连环杀人犯。"陈燔喝了一口红茶，然后又用银勺搅拌了几下，"这种人只在同一个地点进行凶杀活动。从当时地上的画作水准来看，凶手的美术技巧极高，很有可能就是隐藏在学校中的教师或者学生。如果是这样的话，恐怕情况不太乐观……"

"总之，希望这件杀人事件到此为止。"

"希望吧……"陈燔又喝了一口红茶，可表情却像是在喝苦咖啡，微微皱眉。

正如陈燨所担心的那样,事情正向越来越坏的方向发展。第二天中午,宋伯雄警官风风火火地拜访了我们位于思南路的住处。他手里握着一个信封,一进门就把它递给了陈燨,然后从外套里拿了支烟,自顾自抽起来。

接过信后,陈燨没有多问什么,直接打开了信封里那张纸——是一张 A4 纸。

血的洗礼才刚刚开始。

这封信是用电脑打字,然后由打印机印出来的,信的署名是 JOHN THE BAPTIST(施洗约翰)。看来凶手是个非常狡猾的家伙,知道要隐藏自己的笔迹。

"你有什么看法?"宋伯雄警官嘴里吐着烟圈。

陈燨把那张 A4 纸往桌上一扔,然后摇摇头。如果这不是恶作剧的话,那说明这家伙还会继续犯下杀人罪,必须得想点办法制止他。但是靠手头这点线索找出凶手又谈何容易呢?三号楼里没有安装摄像头,所以根本不会拍到凶手的样子。

宋伯雄看上去很沮丧,无精打采地说道:"嫌疑人的范围太广了,根本无法调查。就李智杰得罪的人来说,人数就已多达三十多个了。"

陈燨依旧沉默,目光没有离开过那张 A4 纸。

"简直是大海捞针啊!"我感叹道,"有没有考虑过凶手是精神方面有问题的人?在学校犯案,可能只是一时冲动!"

"我希望你有什么新奇的想法可以告诉我。"宋伯雄没有回答我的问题,而是在同陈燨说话,"你知道我信任你。陈燨,这个案子,只有你能帮我。"

话音刚落，宋伯雄的手机就响了起来。

"大事不好了！队长！又出大事了！"

电话里传来的，是刑警小张的声音。不知道是不是宋警官手机质量有问题，没开免提，他们俩的对话，我和陈燔都能听得一清二楚。

"小张，你可以改掉这个坏毛病吗？一惊一乍的！有什么话可以好好说！"宋伯雄露出厌恶的表情，"快告诉我，到底发生什么事儿了？"

"又……又有人被杀了！"小张气喘吁吁地说道。

"什么！在哪里？"宋伯雄大声道，"我立刻过来！"

"在……在B区的三号楼里。就是昨天发生命案的地方，不过这次不是三楼的画室，而是四楼的画室里！凶手简直太疯狂了，完全不把我们警方放在眼里啊！"小张的声音听上去像是在哭泣。

挂了电话，宋伯雄刚想开口，就被陈燔制止了。

"走吧！"陈燔迅速披上外套，"去看看这一次，凶手又玩了什么新花样！"

赶到现场的时候，尸体还没来得及搬走。和上次一样，尸体被摆成了一个很夸张的造型，身上裹着厚厚一层白色的台布。死者双手向上伸展着，双目突出，脖子上有道黑紫色的勒痕，看上去死亡已经有段时间了。

JOHN THE BAPTIST——凶手留下的签名还在。

"是拉斐尔的《基督显圣》！"陈燔蹲在尸体边上。

宋伯雄递给陈燔一双调查员专用的白色手套，问道："基督显圣？什么东西？"

"又称《基督变容图》，是拉斐尔应红衣主教朱利奥·美第奇邀请为法国讷博纳教堂绘制的祭坛画，也是拉斐尔临终前的最后一幅杰作。"陈燨边戴手套边说道,"凶手把尸体用白色台布包裹起来,就是象征着画里的耶稣。你看这里,凶手和上次一样用画笔沾上红色水粉颜料在地板上画出了这幅画的其他人物——如果没有一个小时时间,如此精细的画作任凭谁都无法完成。"

宋伯雄也学着陈燨的样子,蹲下身,仔细端详着地板上的"血画"。过了一会儿,他发问道:"你的意思就是说,凶手应该是个职业画家?"

"至少绘画技巧相当熟练。"说着,陈燨似乎又发现了什么。他将死者的左手展开,发现他左手的无名指和小指的指尖都有少许血迹,他又翻开了死者的右手,亦是如此。陈燨脱下手套,用食指的指腹摩擦着死者手指甲边缘。

"你在做什么?"我感到他的举动非常奇怪。

陈燨没有理我,只是轻轻地放下了死者的手。

宋伯雄疑惑道:"发现什么了吗?"

"不,完全没有头绪。"陈燨再次戴上手套,转头问小张,"什么时候发现尸体的?是谁发现的?"

小张拿出笔记本,回答道:"是在中午十二点半左右发现的。虽然三楼整个楼层都被封锁了,但是为了照顾学生的正常学习,四楼的画室还是开放的。发现尸体的是雕塑系的一个学生,他说他们下午在四楼有课,于是想早点儿来。"

"死者是住哪儿的?"宋伯雄接着问道。

"学校的寝室里啊,就在对面的学生生活区。"

"生活区那儿?"陈燨自言自语般说道,"离三号楼距离那么远,为什么凶手要大费周章地把尸体移到这里呢?"

"也许是想制造诡异气氛吧!"刑警小张解释道,"第一次杀人事件发生后,凶手一定是想将第二起杀人事件放在同一地点,从而造成学生的恐慌,制造些校园怪谈之类的传说吧!一定是这样!"

"不可能。"陈燏冷冷道,"凶手不会是想单纯地将凶杀现场放在同一栋楼里面这么简单。因为如果凶手还会继续作案的话,警察肯定会将三号楼封锁起来。这样凶手便无法在这里实施第三起杀人事件了。所以你的说法不可能。"

"喂,陈燏,你说的话我越来越听不明白了?什么叫移尸,难道这里不是第一现场吗?另外第三起案件是怎么回事?"我忍不住用手搭住了他的肩膀,希望他能正面回答我。

"韩晋,还没到时候。"他把我推开,"现在我也不敢确定。"

"看来事情越来越复杂了。"宋伯雄无奈地叹了口气,然后吩咐小张,"先把那个学生叫过来,做个笔录……"

"我要去调查一些事。"陈燏心事重重地离开了教学楼,而且不让我和他同去。这在以往非常少见。不过我也乐得清净。

走出三号楼的时候,我看看手表,已经下午三点半了。

现在,我只要一闭起眼睛,眼前就会浮现出《基督显圣》的图像和死尸。最让我难以释怀的,就是在尸体边上的英文词组——JOHN THE BAPTIST(施洗约翰)。这次的死者名叫丁小龙,是建筑系的学生。据小张所言,他和第一位死者李智杰,学习上根本没有交集,生活中两个人也不相识。这点警方可以肯定。

那既然如此,杀人狂"施洗约翰"为什么会选中他们呢?他们的相似之处到底是什么呢?

越想越没有头绪,正巧在篮球场边上,看见一只孤零零的篮球,我捡起球来,朝着篮筐试试身手。篮球在我的拍打中,上下跳动,这种熟悉的手感,运球时的步伐,自从大学毕业之后就消失了。真的好怀念。

微风吹在脸上,感觉又回到了十八岁。

我站到三分线外,瞄准篮筐后起跳,利用手腕的摆动抛出了一条漂亮的弧线——球应声入网。

"得分!"

忽然听见有人在我身后喊道。

我转过身去,看见了陈晓敏老师。

"哪里……我随便玩玩……"我说着,用手肘拭去额头的汗水。

"你三分球投得真准啊!没想到,小说家也会打篮球啊。"陈晓敏轻快地走到我面前,递给我一块浅蓝色的手帕,"用这个擦汗吧!"

"谢谢。"我接过了手帕,心跳加速。

夕阳下,陈晓敏和我漫步在校园里。我们俩天南地北闲聊着,我还跟她讲了很多关于陈燨破案的故事。

"原来那些案子都是真的!"陈晓敏道,"我还以为是你编撰的呢!"

"我这么笨,哪里编得出。哈哈!"我说,"对了,你怕吗?"

"学校里有杀人魔,说不怕当然是假的。"陈晓敏看着我,"不过我相信韩老师和陈教授,一定会很快抓到凶手!"

"啊?我们没那么厉害啦……"

"直觉!"陈晓敏拍了拍我的肩,"韩老师,你要相信我们女人的直觉!"

4

那天回家之后,陈燨就鬼鬼祟祟躲进了地下室,然后从网上订了一大堆东西，都裹得严严实实，看不清全貌。接着，他就把自己关在地下室，一连好几个小时。我在门口问他晚饭怎么解决，他也不理我。若是平日，我一定会对他发脾气，可是一想到陈晓敏，我心里又甜甜的，什么烦恼都忘却了。

手机铃声响起，是宋伯雄警官打来的电话。

"请说。"

"陈燔那家伙，怎么不接电话？"

"他把自己关在了地下室，不知道在忙什么呢！"

"第二封杀人预告函，我收到了。"宋伯雄的声音听上去很糟糕，"我想如果陈燔有空的话，我们是否可以见上一面。我觉得目前这事情有点儿麻烦。"

"可以。你在哪儿？"我很干脆地答应下来。

"现在我在警局。要不这样，你饭还没吃吧？我开车来思南路接你们，一起吃个晚餐吧！"宋伯雄说完就挂断了电话。

陈燔起初不太愿意，但被我生拉硬拽，并在不开门就把门撞开的威胁下，才板着脸从地下室走出来。大约过了十五分钟，我们就听见了宋伯雄警官那辆警车的喇叭声。周围的餐厅很多，我们选了一家叫"谢杰别罗"的俄罗斯餐厅。

宋伯雄开了瓶红酒，叫了黄油焖鸡、熏鸡鱼子酱和土豆烧牛肉等俄罗斯特色菜，又叫了三人份的莫斯科红菜汤。对于吃惯中国菜的我来说，俄罗斯菜是比较油腻的。因为气候寒冷的关系，那边的人们需要补充较多的热量。所以俄式菜肴一般用油较多，口味相较中国菜更重些。

"今天我命令把整个三号楼都封锁起来了！我看'施洗约翰'还能玩出什么花样！我让小张带了些兄弟今天就守在三号楼楼下。不过我看这家伙是不会停手的,你看,第二封杀人预告函又寄到警局来了。"

"无法查到是谁投递的?"我问。

"要是能查到,我早就破案了!"宋伯雄拿起酒杯喝了一大口,接着说道,"内容和上次都差不多,说是第三场杀人仪式就要开始了,让我们做好准备。地点还是在美院。我在想,是不是衡山美院的校长得罪了什么人啊?"

"你是说为了私人恩怨,所以牵扯到那么多无辜的学生?虽说也有这个可能,但我觉得不是。"我表达了自己的看法。

"为什么?"

"直觉。"

宋伯雄冲我翻了白眼,又灌了自己一杯酒。

"你这封杀人预告是什么时候收到的?"陈燨问道。

宋伯雄抬起头想了想,回答道:"昨天下午封锁了三号楼后,我就回到了警局。今天早上的时候我手下把这份东西交给我的。"

"你把B区三号楼封锁了?那要去画室学习的同学怎么办?"

"这点你放心,我可不是那种不讲道理的人。这个星期内,要用三号楼的也就绘画系和建筑系中两个专业的学生而已。所以,这两个专业的学生在我封锁完毕后,只需要出示学生证,还是可以去二楼的画室学习。"

宋伯雄仿佛早就知道陈燨想问什么一样,一口气解决了他的疑问。

"那些相关人员的笔录还在不在,我想今天带回去研究一下。对了,昨天所有人都做过笔录了吧?"

"当然。上午的时候那些绘画系的老师去参加教师等级考试了,不过尸体是在中午发现的,也没什么关系。这事儿我是交给小张去办的。"宋伯雄回答完后,又问陈燨,"在你看来,这两起案件有什么联系吗?"

"文艺复兴。"陈燔斩钉截铁地回答道。

"什么东西?"

"凶手是按照文艺复兴三杰的作品顺序来犯案的!他们三个分别是:米开朗基罗·博那罗蒂、拉斐尔·桑西和列昂纳多·达·芬奇。第一起杀人事件时,凶手在现场所绘的是米开朗基罗的《创世记》。这部作品是米开朗基罗画在梵蒂冈西斯廷教堂礼拜堂天花板上的壁画,作品场面宏大,人物刻画震撼人心,是米开朗基罗的代表作之一。第二幅现场的'血画'是拉斐尔的《基督显圣》,也是他平生最得意的作品之一。所以现在凶手又预告将再次实行杀人计划,那我想接下来的应该是达芬奇的画作了。"

"原来如此。"宋伯雄恍然大悟道,"那凶手为什么要如此花费心血地去画这些图案呢?虽然我不是学美术的,可我也看得出要描绘这样一幅图案,很费劲啊!"

"相当麻烦!更何况整个结构的比例几乎和原作一模一样。我不知道这些画代表着什么,不过我和你想得一样,凶手作这幅'血画'必定有他不可告人的秘密。只要解开凶手为什么要画这幅'血画'的理由,我相信就离真相不远了!"

我们回到思南路的时候,已经晚上十点了。吃饭的时候,陈燔和宋伯雄警官讨论了些案件的情况。宋伯雄又问了陈燔一些关于文艺复兴时期的事,可是说着说着,他就没了兴致。接着都是宋伯雄一个人在说话,还向我们炫耀他的一些光荣事迹,比如最快破案记录,或者徒手解决过三个匪徒的围攻。

要是都像第一起杀人事件时候这么没头没脑地推理,那最快破案记录后还得打个问号。不知道有多少好人被他冤枉了呢。我想，幸好遇到困难的案子，他都会来寻求陈燔的帮助。

"喂，你在想什么呢？"不知何时，陈燔竟然走到了我的房间。

"你干什么？"

"我记得上次借你那本书，你没还给我。"

"是不是关于北洋军阀的那本？"我说，"你自己找找看吧，应该在书架上。"

陈燔把我书架上的书，一本本丢在地上，还把我整理好的笔记本顺序也弄乱了。这让我很恼火，但是还是忍住了。不然怎么办，难道还和他吵吗？

"对了，我突然有个想法，想跟你聊聊。"我对陈燔说。

"我很忙，没空和你聊陈晓敏老师的事。"陈燔把我那本珍藏多年的签名书随意丢在地上，然后一脚踩在上面，继续翻箱倒柜。

"其实，今天我自己想了想，发觉了一个可能性——就是凶手为什么会在人死了之后，还要在现场留下'血画'的理由！刚刚想到的时候，着实让我自己也吃了一惊！马洪文他们发现李智杰的时候，他的手掌上全是血！这是个提示，陈燔，你知道我想说什么了吗？"

"难道你想说，凶手在尸体边上画画，是为了掩盖死者留下的死亡留言？"

这家伙竟然毫不费力地猜出了我想说的话。

"你真是个怪物！不过猜得没错，我正是这么认为的。凶手把李智杰敲死后——当时他并没有死，只是凶手以为他死了而已。于是，当凶手准备离开画室的时候，意外发生了，李智杰用最后的力量，在地上写下了凶手的姓名。不过倒霉的是，这一举动竟然被凶手看见了，可是印记已经留下了，凶手必须想办法消除它。如果只是单纯用水来清洗的话，也是不可能完全泯灭痕迹的。"

听了我的推理，陈熠完全没反应，依旧全神贯注地找书。

我接着说道："因为警方会用鲁米诺试剂来检测血液痕迹。你也知道，在检验血痕时，鲁米诺与血红素发生反应，会显示出蓝绿色的荧光。这种检测方法非常灵敏，能检测只有万分之一的含血量，即使把一小滴血滴进一大缸清水中也能被检测出来。所以就算凶手将现场擦拭得再干净，只要警方用鲁米诺试剂检测，凶手的名字就会显示出来。所以凶手绞尽脑汁后想出了一个办法——既然无法隐藏，就让它放大！"

陈熠没有停下手中的动作："韩晋，看不出你还为这个案子操碎了心啊！"

"凶手又再次敲击死者的后脑勺，让死者流出更多的血液，来掩盖死亡留言——也就是用一大块血迹来掩盖凶手的名字。这样即使鲁米诺试剂恐怕也无法检测出来了。但是在现场留下那么大块血迹会让人感觉不协调，凶手索性将血印再放大化，于是就完成了这幅血色《创世记》的样子。"

我说完了自己的推理，等待着陈熠的称赞。

"你的想法很有趣。"陈熠看了一眼手中那本国内某位著名青春小说家的书，然后当废纸般丢进了垃圾桶，"警方也确实用鲁米诺试剂检测过现场……"

"喂，别丢，那也是签名本！"我失声尖叫起来。

"很可惜，没有你形容的那种大块血迹，整幅'血画'中除了红色水粉颜料外什么都没有。死者的后脑虽然被钝器敲打，导致颅内出血，但是流血量却很小，这点法医在验尸报告里也提到过。"陈熠面无表情地说道。

"啊，果然还是不行。"

我取出垃圾桶里的书，可是，封面已经被弄脏了。

原本还打算把这部爱情小说送给陈晓敏呢。好事又被陈燏搞砸了。

陈燏毫不留情地说："韩晋，如果继续读这种小说，你的智力会退化的。你会越来越蠢，变成类人猿，然后变成猴子，最后变成草履虫……"

"你这是偏见！"我反抗道，"任何文学类型，都不该被歧视！"

"找到了！"陈燏拿起手中那本厚书，兴高采烈地离开了我的房间。

"喂！你……真是的，都不帮我收拾一下……"

我看着散落一地的书籍，真是一片狼藉。

把书籍一本一本重新归位，也要花上好几个小时吧？

看来，今晚又是一个不眠夜。

5

"韩晋老师，醒一醒！你快给我起来！"

迷糊之间，我感觉有人正在用力摇晃我的身体。

我睡眼惺忪地打了个哈欠，然后抱怨道："陈燏，你干吗把我吵醒。你知道我昨天晚上是几点才睡的吗？"

"我不是陈教授，我是小张！陈教授和宋队长已经赶去现场了！你醒了吗？快穿上衣服！"小张用近乎命令的口气说道。

"冷静！先告诉我发生了什么事情。"我一把抓住小张的手臂，对他说。

"衡山美院又发生了杀人事件，可是……可是陈教授不让我和你说，但是我觉得这件事必须告诉你。因为……"

"谁死了？快告诉我谁死了！到底是谁死了你快说啊你！"

我心里闪过一个念头，但是我不敢去想。

"陈晓敏……陈晓敏老师死了！"

我一把揪住小张的衣领，怒道："你说什么？！"

"韩晋老师，你别激动，先放开我。这件事……怎么说呢……果然不该告诉你的……真对不起！"小张不断向我道歉。

我就这么呆坐在床上，像是被人狠狠地抽了一记耳光，恍惚得连外套都忘记穿上。对我来说，听到这样的消息，简直如五雷轰顶般痛苦。我和陈晓敏虽然只见过两次面，聊过的话也没有几句，可我对她却一见钟情，是真心爱慕她的。我本希望，我们将来还有机会可以进一步互相了解。

谁知，竟然天降横祸！

此刻，我多么希望这是陈燔对我开的一个玩笑。待了一会儿，我才从床上跳了下来，然后把小张一把托了起来，问道："在哪栋教学楼？快告诉我。"

"四号楼的三层……教室里。"小张战战兢兢地说道。

连睡衣都没有换，我立刻夺门而出。身后的小张也紧跟着我，在我身后大喊："韩老师，我开车送你过去！"一路上，我不停催促小张加速，可他胆小怕事，连个黄灯都不敢闯，开了十多分钟才到衡山美院。刚下车，我就开始狂奔，我不记得自己在路上撞到了多少人，也不记得摔过几次跤，第一次脑子完全空白——我无法思考。校园里的学生纷纷侧目，也许他们认为，这只是一个精神异常的疯子，穿着睡衣满学校乱跑。

我冲进了四号楼，然后直接跑到三楼。我看到满屋子的警察和调查员,第一次觉得他们是如此面目可憎,想把他们通通轰走。可我知道,这里发生了案件,即使不想承认,也没有办法,因为这一切都是真的。

"都让开!都给我让开!"

我像疯了一样推开现场两位正准备进一步验尸的法医,看到了地上躺着的人——陈晓敏。整个世界在我心中轰然倒塌。我膝盖一软,跪倒在陈晓敏身边。

这一次,凶手把她的尸体摆成了达·芬奇的《岩间圣母》的样子。

"韩老师,你认识被害者吗?"宋伯雄在我身后说,"发现尸体的是艺术鉴赏系的一位学生。他们今天本来应该在这个教室上课的,没想到……"

"几点死的?"

"根据法医的初步判断,应该是昨天晚上十二点至今天凌晨一点之间。"宋伯雄回答道。

我不想说话,只想哭泣。

"让开。"

是陈燨的声音。

"不,让我再看看她……"我反抗道。

"如果你抱着她,可以让她起死回生的话,我绝对不会阻拦你。"陈燨语气中丝毫不带感情,"可是,即便你像花痴一样在这里哭哭啼啼,她也不会复活,凶手也不会因为你的悲伤而被捕。韩晋,你是个蠢货,但这一次,我希望你能明白我说的话。"

"你根本不懂!"我冲着陈燨喊道。

陈燨上前一步,一把托住我下沉的身体,将我提了起来。

"我会抓到凶手。"他在我耳边说。

突然间,我感觉脑袋"嗡"的一下,眼黑忽然一黑。我单手撑着教室的墙壁,身体弯曲。头突然好痛,像是要裂开来。我勉强定了定神,又步履蹒跚地朝着陈晓敏遗体的方向走了几步,接着颓然倒地,不省人事。

不知沉睡了多久。

恍惚中,我再次见到了陈晓敏。她朝着我微笑,缓缓走近。她依旧是如此美丽,简直就像天使一样。我想对她说话,可张大了嘴,就是发不出一点儿声音。

陈晓敏一直保持着微笑,但她却开始后退。

我想追过去,却发现自己连步子都迈不开。陈晓敏慢慢地往后退去,渐渐地消失在朦胧中。她朝我挥手,和我永别。她突然飞向空中,身后散发着金色的光芒。

我想抓住她,但是连伸手的力气都没有。光线开始越来越暗,我已经看不到陈晓敏。我知道,她走了。

一切又归于黑暗。

"医生怎么说?"

有人在说话,听这声音应该是宋伯雄。

"情绪过于激动引起的,他着凉了,现在正发着高烧。竟然烧到了四十度,太可怕了。我没想到韩晋老师竟然会如此在意这个女孩子,他们是恋人吗?"这应该是小张的声音。

听他们的谈话,现在是在医院吧,我猜想。

"韩晋是个花痴,见谁都喜欢。"陈燔又在污蔑我了。

"不是恋人吧!虽然是新认识的朋友,不过既然是意中人,他这样我也能理解。验尸报告出来了,陈晓敏老师是被氰化物给毒死的。这也算不幸中的大幸吧，凶手没有使用暴力手段结束她的生命。奇怪的是，她的手机不见了，很有可能是凶手利用手机将其骗至户外，然后又诱骗她喝下有毒的饮料，再将她的尸体拖入四号楼的三层。"又是宋伯雄的声音。

"把第一起杀人案件时的口供给我再看看。"陈燨说道。

我勉强睁开眼睛，看见陈燨和宋伯雄坐在我的病床边上讨论着案情。

"李智杰被杀的那天早上，是不是只有三号楼没课？"陈燨问了一句，然后指着病床边上的证物袋，"宋队长，把那两张A4纸给我拿来。"

陈燨拿起两张A4纸，那是凶手发出的两张杀人预告函。在阳光下，一张A4纸的颜色明显淡于另一张，并且有点偏黄色。陈燨又从证物袋中取出一沓横山美院的考试复习资料，然后一张一张和杀人预告函的A4纸进行比对。

"有一张是吻合的。"他说。

"什么？"

"这张A4纸是哪儿来的？怎么和其他颜色不一样？"陈燨问道。

"是小张在三号楼五楼打印的，这张A4纸应该是那里的吧。不过我听马洪文说，这些纸张是王晓斌老师从新西兰带来的。不过我听你这么一说才觉得原来从新西兰带来的A4纸，工艺和我们国家的不一样啊！"

这时，病房的门被小张推开。他手里握着一沓案件资料，对着陈燨说道："陈教授，所有的口供和不在场证明都在这里了。你还需要什么？"

陈燨站起来，走到他身边，单手接过资料。

"明天上午,把所有案件相关人员都集合到四号楼的二层。我要在被害人陈晓敏老师的注视下,对杀人狂'施洗约翰'进行最后的审判!"

"难道你已经知道三起连环杀人案的凶手是谁了吗?"

"不。"陈燨耸了耸肩,神情轻松地说道,"不过,等我看完这些不在场证明后,我就知道谁是凶手了。"

"什么……"我勉强起身,问道,"我也想帮忙。"

"你醒啦。"陈燨走到我面前,把手里的资料递给了我,"真凶的名字,就在这张表格里喔!怎么样,韩晋,有没有兴趣试着挑战一下,找出杀死你爱人的凶手?"

程子良主任	7点30分在学校边上的餐厅用早餐,8点回办公室,9点50分后现身	8点至9点50分没有不在场证明
蒋姗姗老师	8点40分在餐厅吃早餐,然后回到宿舍休息。9点45分进入二号楼开始上课	8点50分至9点40分没有不在场证明
王晓斌老师	8点在教工宿舍睡觉,直到10点才起床	没有不在场证明
徐慧文老师	8点30分出现在操场跑道上锻炼,9点后消失,10点后准备上课	9点至10点没有不在场证明
郑晓芳老师	8点50分起床,10点上课。	没有不在场证明
陈晓敏老师	8点40分起床,9点到餐厅用餐。9点30分独自待在办公室,9点45分出门前往三号楼画室	9点30分后没有不在场证明

许丽娜	8点半和马洪文出门，在公园逛到9点半，然后在上三号楼	8点30分至9点30分没有不在场证明
马洪文	8点半和许丽娜出门，在公园逛到9点半，然后在上三号楼	8点30分至9点30分没有不在场证明
以下略		

我合上资料，完全没有看出任何问题。而陈燸却笑了起来。

"我已经知道他是谁了，那个施洗约翰。"

"什么？"

"一切都该结束了。"陈燸满怀信心地说道。

6

第二天上午十点半，宋伯雄警官将案件相关的众人都领到了四号楼二楼的大厅里。众人所表现出的样子各不相同，有的神色紧张，有的则一脸坦荡。在这警卫森严的环境里，就连空气中都充满了令人不安的感觉。

大厅的西侧有一幅巨大的壁画，稍有些艺术知识的人都知道，这是达·芬奇的《最后的晚餐》。这幅作品是达·芬奇创作生涯中最负盛名之作，被公认为空前之作，尤其以构思巧妙和布局卓越而引人入胜。这幅画，是达·芬奇直接绘制在米兰一座修道院的餐厅墙上的。可惜的是，在一七九六年，拿破仑占领米兰后，修道院被军方占领，该餐厅则被改为马房。许多无知的士兵在闲暇之余竟然朝着这幅传世壁画玩起了投掷石头的游戏，导致该壁画受到严重损坏。幸而在一九八二年,意大利成立修复小组,用现代科学仪器对此画进行清洗和修补。这个举动虽然满足了世人长久以来的愿望,但也遭到了一些知名艺术家的非议。修补工作相当复杂,直到一九九九年才公开展示此画。

这幅壁画取材于《圣经》马太福音第二十六章,说的是耶稣被罗马兵逮捕之前和他的十二门徒共进的最后一餐。当时耶稣预言门徒中有一人将出卖他之后,众门徒非常困惑。最后耶稣当众指出犹大就是出卖自己的叛徒。宋伯雄心想,陈燔把地点挑选在这里,可真是选对地方了。

最先走进大厅的是教务处主任程子良,他表情严肃,下巴僵直,看上去就像一条潜伏在沼泽地里的鳄鱼。接着走进来的是蒋姗姗和徐慧文两位女老师。前者长相丑陋,五官在脸上挤作一团,徐慧文则一脸怒色,愤愤不平地嘟囔着什么。看她的模样,学生们称她为母老虎也不足为奇了。王晓斌的长相确实不怎么样,他个子很高,目测起码有一米九以上,无论如何都看不出他是个艺术家,简直就像是篮球运动员;郑晓芳老师在本故事中首次登场,她一脸无奈的表情仿佛在说这事儿和她毫无关联,她是无辜的。发现第一具尸体的马洪文和许丽娜也到场了。马洪文用单手搀扶着双眼红肿的许丽娜,嘴里不时地说着一些安慰的话。

大家都到齐了。可是,陈燔还未露面。我有些焦虑,他的手机一直处于关机状态,我也无法联系到他。

老师们开始窃窃私语,一眼望去,在场的所有人似乎都显得鬼鬼祟祟的。刑警小张背对着大门,守在那里。

"警察先生,这到底是怎么回事儿?一大早把我们都叫到这个大厅里并且等到现在,你必须给个解释!"

首先开口的是相貌丑陋的蒋姗姗老师。小张一脸尴尬地看着宋伯雄，不知如何回答。

"再等等，他马上就到。"宋伯雄伸手做出一个安抚的动作，然后焦急地看了看手表，心里不明白陈燨到底在搞什么鬼！

"待会儿我还有课呢！不能这么瞎等下去啊！"

这次开口的是母老虎徐慧文。警长没有搭她的话，继续看着手表。

就在这个时候，门被推开了。陈燨腋下夹着一块用白布包裹着的画板，缓缓走到《最后的晚餐》这幅壁画下，面对着众人。他先将那块被布包裹着的画板放置在手边的画架上，接着用目光扫了一遍在场的众人。

"今天，"陈燨的音调很低，却很清晰，"我就要在众位被害者的注视下，揭穿'施洗约翰'的真实身份，以慰他们在天之灵！"

大厅一片寂静，没有人说话。陈燨站在壁画之下，刹那间有种不可侵犯的庄严感。又或许是错觉吧，我这么认为。我仔细数了数，若不算上陈燨的话，加上三位被害者，一共是十二个嫌疑人。和《最后的晚餐》中耶稣十二门徒的数量暗合，这究竟是巧合还是陈燨故意所为就不得而知了。

看来陈燨这次是想自己扮演起耶稣的角色，当众揭穿谁才是叛徒"犹大"吧！

"你的意思是，凶手在我们这些人之中吗？这怎么可能，我们可都是这所学校的老师呢！怎么会是连环杀人事件的凶手？陈燨教授，你一定是搞错了！"程子良朝着陈燨嚷嚷着，可陈燨没有理睬他，自顾自继续说道："今天我就当着众人的面，揭露你——所谓的'施洗约翰'的真实身份！你认为你的所作所为天衣无缝吗？你以为你在现场不留痕迹吗？可是任凭你如何狡猾，都逃不过逻辑的审判！"

说着，他一把将画架上的白布扯下，油画露出了真面目。

“凶手就是你！蒋姗姗！”陈熠大声宣布道。

犹如投下一颗炸弹，安静的现场顿时沸腾起来，议论纷纷。

这幅油画是临摹自安德烈·索拉瑞奥的《施洗者圣约翰的头颅》，画中表现的是先知‘施洗者圣约翰’被希律王斩首后，其头颅放置在盘子中的情景。可现在面部被陈熠巧妙地修改过，所以人们一看便知放在盘中的头颅，是闭着眼睛的蒋姗姗。

“我不知道你在说些什么！满口胡言！”蒋姗姗扯着喉咙对陈熠喊道，“你这个浑蛋！”

“你一定很想明白，我是怎么知道你就是‘施洗约翰’的吧？我现在就把答案告诉你，不然你一定死不瞑目。”陈熠仿佛站在舞台上的演员，高声演讲道，“首先我们都知道，凶手一定是一个绘画技巧高超的人，在这所美术学院里的人都符合这点，当然我并不是说学院外的人没有犯罪嫌疑，大家且听我把话说完。凶手第一次露出马脚，是在杀人预告函上。”说着，陈熠从口袋中取出了两张杀人预告函。

“这是凶手‘施洗约翰’寄给警局的杀人预告函。乍一看，这两张用 A4 纸打印出来的预告函似乎没有什么不同，不过只要拿到太阳底下一看，真相就出来了。你们看，第二张预告函明显比第一张要淡一点，并且颜色有点偏黄。警局的检测部门也鉴定过，这张 A4 纸肯定是出自三号楼五楼那台打印机。这种纸张也只有新西兰才会有，是王晓斌老师带回中国的。”陈熠顿了顿，朝王晓斌看了一眼。王晓斌也朝他点了点头。

接着，他继续说了下去。“也就是说：凶手是在三号楼五楼打印的这张杀人预告函，直到这里，大家都听明白了吧？

“但是问题在于，发生第二起杀人事件之后，宋伯雄警官就命令手下把三号楼封锁了。也就是说，除了绘画系的学生和老师外，没有人可以踏进这栋楼一步。所以我得出了一个结论,凶手就是那天进出过三号楼的教师或者学生。可是,凶手的第一封杀人预告函却是在其他的地方打印的,所以我们可以得出这么一个结论:凶手的第一封杀人预告函,可以在三号楼以外的地方打印,而第二封杀人预告函,只能在被封锁的三号楼打印。这,是为什么?"

"你是说凶手是学校内部的人?真是太可笑了!"程子良震怒道,"请不要诬蔑我们学校教师和学生的素质!"

陈燨看都不看他一眼,继续道:"因为我们都知道,在学校里打印杀人预告函,有一定的风险,若非无可选择,凶手不会这么干!所以现在又有一个问题——凶手为什么坚持要在学校打印杀人预告函,而不在原来打印第一封预告函的地方打印呢?"

关于这点,我还是想不明白,只能安静等待陈燨解答。

"那是因为,在这段时间内,凶手无法回家或者自由活动!我拜托宋伯雄警官调查了一下那天进出过三号楼所有人的行踪,发现只有在场的几位是无法抽身回家的,换句话说,都是住在学校里。"陈燨环视在场众人,一脸严肃地说道。

在场众人,面面相觑。"无法回家的人就是凶手?胡说八道!"不知谁反驳了一句。

"第二起杀人事件的被害者是丁小龙,在检查他尸体的时候,我发现了一个很奇怪的现象——死者双手的无名指和小指的指尖,都有少许血迹,而且都有用指甲钳修整过的痕迹。如果是自己剪的指甲,那绝对不会剪出血来,这不需我赘言。所以,我得出一个结论——死者的指甲曾经被凶手修理过。"陈燨扬起眉毛,提高声调道,"那凶手为什么要修理死者的指甲呢?这个现象,是不是特别奇怪?"

我想起陈燨在检查第一具尸体时,对我说过的话。

"因为凶手必须隐藏,死者自己修整过指甲的痕迹!为什么?因为被凶手袭击的时候,死者正在房间里剪指甲,而且他并没有修完所有的指甲!因为有件事情打断了他!"

"等等,陈燔,死者修理指甲被人打断,和这次连环谋杀案有什么关联?"宋伯雄怕陈燔偏题,特意提醒了一句。

"当然有关,而且关联重大!"陈燔一字字道,"因为,凶手极有可能以粗暴的方式打断了他,比如——将他杀害!完成谋杀之后,凶手突然发现死者的几个指甲有被修理过的痕迹,索性将其余的指甲都替死者剪了一遍。那凶手为什么要这么做呢?"

陈燔又抛出一个问题。不过现场没有人能够答上来。

"因为在杀人现场,警察发现死者指甲有问题的话,那必定会判断出教室并非杀人的第一现场。所以我们可以得出这个结论——**凶手为死者剪指甲,就是为了掩盖命案现场并非第一现场的事实!**"

一波又一波的推理,我感觉到自己的大脑已经跟不上节奏了。

"既然如此麻烦,那凶手为何要大费周章地移尸呢?单纯是为了在三号楼画一幅画吗?我不这么认为,要知道,凶手的任何行为都有其不为人知的目的!接着,我又了解到,在第一次案发的早上,亦即李智杰被杀那天,整个B区只有三号楼是没课的,所以很明显,凶手移动丁小龙的尸体,是为了拖延尸体被发现的时间。那么,为什么要拖延时间呢?"

"为什么?"我不禁开口问道。

"因为在案发当日的上午,凶手有很重要的事情得去办,比如——教师等级考试!所以凶手必须要延迟尸体被发现的时间,不然考试的资格就会被取消。然而,这个考试对于她来说,又是很重要的。所以我排除了学生,将范围又缩小到了只出入过三号楼的教师。"

我突然想起,在俄罗斯餐厅吃饭时,宋伯雄曾经告诉我们,案发那天上午,学校的教师确实都去参加了考试。没想到,陈燨连这点都注意到了。

教务处主任程子良装腔作势地拍手道:"厉害是厉害!听上去确实很神奇。可是这样的程度可不行。说了一大堆,你还是没能告诉我们,谁才是连环杀手啊!"

陈燨微微仰起下巴,语速缓慢地对他说道:"别急,马上就到重点了。"

"洗耳恭听。"

"现在,让我们回到第一起案件。纵观整场杀人事件,尸体都是围绕着文艺复兴时期三杰的艺术作品而展开的。从《创世记》到《基督显圣》,最后又是《岩间圣母》,凶手真的只是个疯狂的崇尚宗教画的艺术家吗?"陈燨搓着手,仿佛一个魔术师马上要开始表演他的拿手好戏,"这不可能!凶手绘制'血画',一定有着不可告人的秘密!那,到底是什么呢?我们一直被'画'所吸引,却忽略了第一起谋杀案的另一要素——尸体一丝不挂。"

"凶手脱去死者的衣物,不就是为了作画吗?《创世记》画中的人物,可是不穿衣服的哟!"宋伯雄提示道。

凶手为什么要将死者的衣服全都脱光?难道正如宋警官所言,只是为了配合米开朗基罗的《创世记》吗?我也觉得有些不对劲。

"不,我们都被误导了!"陈燨否定道,"凶手脱光死者的衣服,是想掩盖衣服上的痕迹罢了!不知道大家是否还记得,在李智杰被杀的那天早晨,曾下过一场短时雷阵雨,我到气象台查过了,是八点五十分至九点,这么一个时间段。"

我当然记得,那时我正打算出门买早餐,可突然倾盆大雨,生生把我逼回了家。但是这场突如其来的雷阵雨，和眼下的谋杀案有什么样关系呢？

"虽然只下了十分钟的雨，但足以将不打伞的人从头淋到脚，任谁都会变成落汤鸡，何况一具不会动的死尸呢？是不是，蒋老师？"陈燔的视线投向蒋姗姗。

被质问的蒋姗姗不敢去看陈燔，她面色开始变得惨白，嘴唇也在不住哆嗦。

"所以，我们可以推理出这样一个情况——凶手想掩盖死者身上被雨淋湿的痕迹，所以才动手，脱去了死者的衣服。因为凶手蒋姗姗是在老师之中唯一一个在八点五十分至九点四十分没有不在场证明的人！"

"等等，陈燔，这里我没有听明白！为什么她在八点五十分到九点四十分没有不在场证明，就说明她是凶手呢？"宋伯雄提出了他的疑问。当然，这也是我的疑问。

"听好了，如果其他老师是凶手的话，他们大可不必脱去死者衣服来掩盖死者是在雨中被杀的这一事实，因为他们根本就没有不在场证明！懂了吗？下雨的时间，是八点五十分至九点，十分钟！如果其他人在九点之后，或者八点五十之前，都没有不在场证明，那么脱去衣服这个动作，只有对蒋姗姗来说才是必须执行的！"

我的脑中一片混乱，必须重新思考才行。陈燔的意思大致是，如果其他教师是杀人凶手，完全不会顾忌下雨时间段杀人被抓住是否会致命！但蒋姗姗的不在场证明显示八点五十分至九点四十分之间她无法自证，如果被警察发现死者是八点五十分至九点被杀，对于蒋姗姗来说，是致命的！简而言之，李智杰在下雨时被杀，而蒋姗姗恰好在下雨时，没有不在场证明！所以她必须尽一切努力掩盖这个事实。

"简而言之就是,你脱去李智杰的衣服,是为了掩盖他是在雨里被杀的事实;在地板上绘制《创世记》则是为了掩盖尸体是裸体这一不协调的感觉;然后又为了不让人知道'血画'是为了掩饰死者的裸体,又继而犯下另外两起杀人事件,从而掩盖第一起杀人事件中'血画'的不自然!发杀人预告函,也是为了想让警察认为,这是一起普通的变态连环杀人事件而已!你所做的一切,都是为了掩盖最初犯下的罪孽!"陈爝厉声喝道。

蒋姗姗的嘴巴微启,但却发不出一点声音。

程子良一脸愕然,惊慌道:"蒋老师,难道杀死学生的人,真的是你吗?"

蒋姗姗用嘶哑的声音勉强回答说:"已经好多次了,他又用语言侮辱了我。程老师,请你原谅我,我不配当老师,无法忍受被学生这样对待……"

宋伯雄警官带走了蒋姗姗,这位长相丑陋的女教师。在场的所有人都惊呆了,没有人想到杀人狂'施洗约翰'竟然就在自己身边。徐慧文看着蒋姗姗,双脚不住地打战。真相大白后,我立刻冲了上去,想给她点颜色瞧瞧,为陈晓敏报仇,却被警卫们拦住了。

关于动机方面,李智杰和丁小龙分别在公众场合,用最难听的话形容过蒋姗姗的相貌,并在黑板上写字,嘲笑她像一头发情的母犀牛,所以嫁不出去。要知道,你可以嘲笑一个女人智力低下,素质不高,但绝不能公开侮辱她的长相,即使她真的很丑。就这样,仇恨的种子深深地埋在了蒋姗姗的心里,于是她决定报复。

人算不如天算,案发那天早上的雷阵雨,是她没有料到的。杀人计划被打乱了,她脑中一片空白,唯一记得的则是昨天上课时,学生们临摹的那幅画作——米开朗基罗的《创世记》。

于是，她脑中草草拟定了犯罪计划。一个自认为很有艺术气质的凶手，以'施洗约翰'的名义，来进行一场艺术犯罪，替那些该死的学生洗礼灵魂。至于陈晓敏，蒋姗姗表示非常遗憾，她本没有想过要杀死她。可那天她从三号楼走出来之际，撞见了陈晓敏。此刻她右手上的红色颜料还未洗净。她怕陈晓敏事后回想起来，为了以防万一，她只得痛下杀手。

听完蒋珊珊杀死陈晓敏的理由，我一时语塞，不知如何作答。对于她这样的人，我心里只有恨意。然而，和陈晓敏这段夭折的爱情，或者说单相思，仿佛是上天和我开的一个玩笑。这个玩笑，那么浅，又那么深。

只不过，这次的后果无法挽回，似乎严重了一些。

此刻，我看着手上的蓝色手帕，还是会想起那个篮球场的下午，陈晓敏的笑靥，和她身上淡淡的香水味道。我知道，虽然在我的脑海中，她的容貌终将模糊，直至消失，但那时那刻，心里那种悸动，我永远也不会忘记。

五行塔事件 ────

第一部 马逸鸣的手记

> 致命的坠楼事件再度上演。
>
> 柯林·坎贝尔——如今已成为被一套红白条纹睡衣包裹的柯林——脸部朝下倒卧在石板地上。在他头上六十英尺高的窗户敞开着,窗玻璃反射出微弱的月光。仿佛是滞留在湖面而非从那儿升起的薄层白雾,在柯林蓬乱的头发上结了许多露珠。
>
> ——约翰·狄克森·卡尔《连续自杀事件》

1

独自在房间里想了很久,我还是决定把这次的事件用手记的形式记录下来。虽然事情已经过去了整整一年,可恐惧还盘踞在我的心头。

作为一名医生,对于生老病死这些事,其实我早已看得很淡。我原本以为,在这个世界上,再无任何事情可以让我动容,直到发生了去年的事件。现在,握住笔的手还在发抖,我必须克制住自己的情绪,才能把事件完整地记录下来。

在开始记录整个事件之前,容我先介绍一下我的一位故交,也可以说是我的好朋友——林志坚先生。

在中国云南,提起林志坚先生,每个人都会竖起大拇指。因为意外，林志坚的父母很早就离开了他，他是由祖父母养育成人。早年在工厂做过搬运工，在餐馆给人洗过盘子，甚至打扫厕所，好多低贱的活儿都干过。尽管大家都知道，林志坚最终是靠房地产发家，但中间的创业历程却无处可查。但不管如何，我对这位亿万富翁却一直心怀敬仰，这不单单是因为，我是他的私人医生这么简单。

归结来说，可能还是因为他的人格魅力。

我和林志坚相识在二〇〇〇年，自此之后，我们经常见面。我在昆明的一家私立医院工作，林先生是我们医院的大股东，从某种意义上讲，我也是他的员工。可是，对于属下，林先生从未红过一次脸，从未骂过一个人。要知道，这对于他这种身家的大老板，简直是匪夷所思！这种态度，令所有人谈论林先生时，都会面带微笑，赞不绝口。

那个时候，每个月我都会坐车去林先生的府邸，为他检查身体。可喜的是，他的身体状态一直很棒，简直和二十岁的小伙子没两样。光是看指标，很难想象他竟然已是个年过六旬的中老年人。当然，去给林先生检查身体，我是发自内心的欢喜。不仅可以听到他风趣的谈吐，还能吃到他府上的佳肴，真是令我乐不思蜀。有时候聊得晚了，来不及回昆明，林先生还会留我在府上过夜，真是贴心至极。

写到这里，我的泪水又情不自禁地流了出来。

所以，当我听见林先生噩耗的时候，我本能地拒绝相信，甚至感到莫名的愤怒！我多么希望这是好事者的谣言！

"家父生前一直和我说，马医生是家父最信任的人之一。"

打电话给我的，是林先生的女儿林媛。林先生福气好，有一双儿女，可惜夫人很早就离世了。不过，续弦陆女士也对这个家付出了很多。虽然林先生和她没有孩子，但她一直把林先生的孩子视如己出，对他们的生活关怀备至。可是，林媛似乎不太喜欢这位后母。这也是人之常情，林先生从未责怪过她。

"林先生，怎么会……这么突然……"我尽力握住手机，不让它摔到地上。

"家父是自杀的。"

林媛的声音听上去很平静，也许是她在压抑自己的感情。

"自杀？这不可能啊！上个月见林先生的时候，还说打算下半年去埃及呢，怎么突然就自杀了？这说不通！说不通！"我情绪激动地说道。

"我也不信。"

林媛的回复很短促，让我觉得这件事没那么简单。

"警方凭什么说，林先生是自杀的呢？"我提出了疑问，"有没有证据？"

"家父是坠楼而亡，他所在的房间，门是从内锁上的。当时在房间内的就他一个人，这点很多人可以证实。所以除了他自己，没有人可以接近他。"林媛说道。

"坠楼……"我有种不好的预感，"难道，难道林先生那天是住在……"

"没错，家父当夜是住在五行塔上。"林媛似是看穿了我的心事，直截了当地说道。

听到这句话，我心下一片冰凉。

五行塔！又是五行塔！

这座建立在云南腾冲地区的奇怪建筑，已经连续夺走两任屋主的性命了。

说起这栋五行塔，容我花一些篇幅，为大家介绍一下。最初花巨资建造这栋建筑的，是留德建筑师王珏。据说他花了五年时间，克服各种技术上的问题，终于完成这栋举世无双的高塔。虽然说是"塔"，但它与寻常的宝塔外形上全然不同。我们都知道，塔这种建筑，最初是用来供奉或收藏佛骨、佛像、佛经、僧人遗体等的高耸型点式建筑。我们习惯把这种建筑称为佛塔。当然，在汉语中，塔也指高耸的塔形建筑，这一概念与东方传统的塔，没有太多的关联，如埃菲尔铁塔、比萨斜塔等。

所以说，这栋建筑称之为塔，纯粹是因为外形上的关系。五行塔如同金字塔一般，越往上，体积越小，只剩一间屋子。

然而，让五行塔区别于其他建筑的根本原因在于它的材质。五行塔是用了五种完全不同的材料建造而成的。塔一共五层，每层都用了五行中的一种元素，来充当建筑材料，换句话说，五行塔中包含了金木水火土五种元素。

最下面一层使用了中国传统的夯土技术。夯土，顾名思义，便是把泥土压实。这类被压实的泥土，特点是结实、密度大且缝隙较少，非常适合用于房屋建筑。第二层，建筑师使用的材料是火山岩，但主要的原料，还是石块。火山岩则象征着火元素。到了第三层，房间全由强化玻璃组成，玻璃与玻璃间隔中还有水，远远望去，便有美轮美奂，清澈透明的体验。第四层，是木质结构的房屋，使用的是最坚固的杉木作为主材料，木梁在屋顶纵横交错，撑起了用铜支撑的第五层，也就是象征金元素的房间。

由此，从上至下，金木水火土五种元素，构建出了这栋奇思妙想，并且带有一丝诡异色彩的建筑。

建完这座五行塔之后，王珏以极高的价格，拍卖给了当地名噪一时的富商周健。虽然在荒郊野外，但周健对五行塔痴心不已，慢慢开始对那些普通的楼房不屑一顾。最初，周健还会偶尔去其他地方住住，但时间一久，他便只肯留在五行塔，哪儿都不愿去了。即便是他的妻子舒文秀苦苦哀求，也无济于事。其原因之一，在于周健是一个建筑迷，对世界各地奇怪的建筑，总有一种向往。何况这栋五行塔如此特殊，除了他之外，谁都没法拥有。

渐渐地，有传言说，这栋五行塔受过诅咒，它的主人，最终都会走向极端。对于这个传言，周健也有所耳闻，可是，他是个唯物主义者，根本不会相信这种没有根据的谣言。

他继续住在五行塔里，一步也不迈出他那位于塔顶的房间。

他相信金元素，可以给自己带来好运。

直到有一天，他打开窗户，纵身一跃，消失在茫茫夜色之中。

2

"马医生，你还在听吗？"

林嫒的声音，将我从思绪中拉回现实。

"所以说，传言成真了。五行塔真的是一栋受过诅咒的屋子，是吗？"不知为何，我竟毫不犹豫地说出了这样的话。

"马医生，你也信诅咒这种事？"

"不，伪科学的事，我当然不信。可是，你让我相信林先生是自杀的，也很难。对了，当时第一个冲进房屋的人是谁？会不会动了什么手脚？比如门根本没有反锁，只是他假装很难打开而已。"突然之间，有一个奇怪的点子从我脑中一闪而过。我喜欢读推理小说，如果真像书中描写的那样，制造一个密室诬陷林先生自杀，也是极有可能的！

"不可能，因为把门撞开的人是警察。"林嫒回答道。

是警察的话，那就没办法了。这可是他们的专业，经验丰富的刑警不可能忽略那些我刚才提到的盲点。

"其他人怎么说?"我问道。

"大家宁愿相信五行塔受到过诅咒,也不信家父是被谋杀的。"

林嫒的声音听上去有些许失望。

挂上电话,我心头思绪万千。五行塔我不是没有去过,但我打心眼儿里不喜欢这东西。为什么?说不上来,总是感觉怪怪的。我是个老派的人,不喜欢太新鲜的玩意儿,所以对一切前卫的东西都没感觉,包括这五行塔。

从昆明赶到腾冲,驾车需要八小时。平时开车去林先生家,我都会在南华县逗留一晚。为什么不坐列车?从昆明站到大理站,就要花去六个小时,再从大理驱车前往腾冲,又是四个小时,太慢。那天我找了一位司机,两个人换着开,途经南华、大理、保山,终于在当天晚上赶到了腾冲县林府。

林府是一栋三层楼的豪宅别墅,有独立的花园和游泳池,位于腾冲市最好的地段。

我一进门,就看见哭成泪人的林嫒。她的丈夫成晨坐在边上,不住安慰着她。林先生的儿子林震见我来了,忙上前打招呼。

"马医生,你这么快就赶来了?快坐!"

"你父亲明天的追悼会,我怎么能不赶来?"我紧紧握住林震的双手,声音有些哽咽。

"林太太呢?"

林震知道我问的是林先生的夫人陆向红。

"她在房间里,一直没有出来。我劝过了,没用。"

"节哀顺变。"

接下去,我不知该说些什么。

这时，从楼上走下来一位漂亮的女孩儿，身材高挑，看上去二十出头。林震给我介绍，说她是林先生的秘书，名字叫刘艳。

"马医生，您好，我是林总的私人秘书。"刘艳对我说话的时候，我注意到她的眼圈微微泛红。"没想到发生这样的事，还让您大老远赶来。"

"这是应该的。"

我们互相寒暄几句，然后刘艳就走开了。她走时，似乎仍然抑制不住自己的悲伤，不停在拿手绢抹泪。这时，我心里产生了一些疑惑：一个普通的秘书，为什么会对公司老总怀有这么深的感情？林先生对于她，不就是一份工作吗？但我很快就打消了这个念头。以林先生的为人，如此重情义，员工爱戴他也是很正常的。我不该妄自揣测什么。

刘艳走后，成晨扶着林媛走到我面前，向我问候。林媛还是那么美丽，鹅蛋脸儿配上一双明亮的眼睛，相比刚才刘艳那股青春逼人的劲儿，她身上有一种独特的韵味。林媛和她的丈夫站在一起，怎么看怎么不搭。我并不是揶揄成晨，只是觉得从气质上讲，她更有高贵的范儿，而身材瘦弱的成晨相对来说没那么有型。

不过，人不可貌相。

林志坚的女婿，并不是谁都当得了。

成晨虽然其貌不扬，但确是国内外知名的建筑师，曾游学海外，现又由林先生大力资助，自己开了一家建筑公司。没有资质，显然是不能随便从事建筑相关经营活动的，国家对这方面有着严格的法律规定。由此可见，成晨还是有些本事的。写到这儿，我不得不说一句心里话。我打从第一眼见到他，就不喜欢。有时候你讨厌一个人，真没什么道理，俗话说就是没有眼缘吧。我对成晨这种人，就属于没眼缘。

"你先去休息吧，事情会解决的。"我拍了拍林媛的肩膀，试图安慰她。

"是啊，你一天没吃东西了。这样下去，身体也会吃不消的。"成晨也在她身边劝道。

林媛朝我点了点头，然后由成晨搀扶着离开了客厅，上了楼。

"走，去我父亲的书房，我们喝一杯。"

我随着林震拾级而上，进了林先生的书房。关上门，林震取出一瓶上好的红酒，开瓶与我分享。我们对坐喝了几杯，他突然放下杯子，鬼鬼祟祟地说道："马医生，我爸是被家里人杀死的。"

"你说什么？"我惊愕道，"你是说这间屋子里的人吗？"

林震冷笑道："马医生，你有所不知，所有人都要我爸死！当然，你也可以说包括我。我也希望我爸死，不否认。"

我不明白林震对我说这些话，有什么用意。

"你看见我妹了吗？哭得稀里哗啦，其实她对我爸也不怎么样。实话和你讲，从小到大，我爸只待我一人好，其他谁都比不上我。你可以说是重男轻女，女儿迟早是要嫁人的嘛！归根结底，这个家，我爸的公司，最后还不是给我？你说，你是我妹，你心里什么滋味？"

我感觉林震有些醉了，没有接话，只是默默喝酒。

他继续说道："我后母，那个臭婊子，你以为她是什么好东西？背着我爸干了多少脏事儿，你知道吗？偷人！不仅偷人，还偷到家里来啦！你猜猜是谁？"

林震红着脸，露出一种奇怪的神色，似笑非笑。我见他在等我的答案，忙摇头。

"猜不出吧？嘿嘿，不如我告诉你，你听好了，别吓着。"林震故意做出左顾右盼的样子，这时，我已经确定他喝醉了，"我妹夫。"

"什……什么？你说成先生和林太太……"听到这个，我蒙住了。

"这事儿原本我也不知道，被我家一个用人撞见了。那个不要脸的女人给了用人一些钱，给打发走了。虽然如此，我还是知道了。我给了比她多一倍的钱，让那个用人开口告诉我真相。可是，我没有把这件事告诉我爸。要知道，如果臭女人和我妹夫的事戳穿，我们林家将会是别人的笑柄！你让我今后怎么抬起头来做人？"林震看着我，表情像是想让我认同他的观点。可我别过头去，喝了一口红酒，没有作答。

他并不是考虑别人的顾虑，而是在为自己做打算。

"臭女人也希望我爸死，呵呵，这下她可如愿了。"林震仰起头，将杯中的红色液体一饮而尽，"杀死我爸的人，一定就在他们之中。"

"话可不能乱说，或许林先生真的是意外……"

"意外？连续发生两次吗？"林震冷哼一声，"那座五行塔，在父亲买下之前，周健是屋主。我看过那时候的报道，也就一两年前的事儿，周健脑子清楚得很，怎么会自己就跳下去了？大家都说是诅咒，哼，都什么年代了，还信那套东西！"

林震把酒杯重重地放在桌上，起身朝窗户方向走去。

"那你认为是什么？"我问。

"手法，一种我们未知的手法。"他转过身来说，"五行塔的设计图纸已经没有了。设计这座屋子的建筑师，我也找不到了。但是我觉得，这栋房子一定有问题。"

"你是说密道吗？屋子里有密道？"

"很遗憾，马医生，这件事我也想到，而且还特地派人去查了。"林震耸耸肩，有些无奈地说道，"可惜，没有密道。当门从内反锁后，连一只苍蝇都飞不出去。"

林先生所处的地方，是一个"完全密室"。

"所以，马医生，我是有件事想询问你的意见。"林震转过身来，表情冷峻道，"都说五行塔收到过诅咒，只要住进去，一定会坠楼而亡。我不信，我想试试。"

"你……你想去五行塔？"

"父仇不共戴天。"林震眼角留下了一行清泪，"我一定要亲自找出凶手。在此之前，我必须知道，凶手是用了什么魔法，把我爸从楼顶推出窗外的。"

他说这句话的语气异常坚定，我只得低下头，用沉默来代替回答。

3

林震决定的事，任何人都无法改变。

所以，当他做出去五行塔的决定时，所有人都闭上了嘴。不过，再怎么样，林媛都不会对她的哥哥不管不顾，她告诉林震，如果他入住五行塔，她将会过去陪他。林媛的丈夫成晨也表示不放心，说林媛现在身体抵抗力低下，如果身边没人照顾，怕会生病。所以，就这么一来二去，林家几乎所有人在林先生的头七之后，都搬去了五行塔。

然而，五行塔顶端，那间被诅咒过的房间还空着。陆向红无论如何都不允许林震住那间屋子。她自己曾说过，对于林震，虽然不是亲生，但一直关爱有加。如果林震再出什么意外，她怎么对得起已离开人世的林志坚？

林先生去世之后，五行塔也并不是说荒废了。林媛雇了一对腾冲本地的夫妇来打理这栋房子。男的叫刘营章，四十八岁，他的妻子叫熊萍，比他小两岁。这两人都是吃苦耐劳的性格，把这座五行塔维护得不错。

至于我，因为休假的缘故，比较空闲，又受到林震的邀请，所以也来到了这里。

再让我来费一些笔墨，描写一下这栋古怪建筑的周边环境吧。碍于能力所限，若有不到之处，请各位读者包涵。五行塔位于腾冲市往西三十公里的地方，由于靠近中缅边界，显得很荒芜。但我们去的时候是盛夏，各种野生植物肆意生长，一派绿意盎然的景色。

五行塔肃立在这人烟稀少的地方，一眼望去，目之所及，只有这么一栋孤零零的建筑物。四周的深绿色映衬着这座暗黑色的高塔，显得格外耀眼。整栋房子虽然是用五种不同的材质建造而成，外表却完全看不出来。建筑整体的色调偏暗，有一种咄咄逼人的气势。五行塔周围全都用铁丝网圈了起来，说是为了防止盗贼侵入。不过，在这种荒郊野外，连鬼都见不到，哪儿还会有什么贼？

我到达五行塔的时候，林震正站在门口迎接我。他身上穿着一件黑色的衬衫，没有打领带，袖口随意地卷起至肘部，露出结实的前臂。

"真不好意思，我来晚了。你在这里等了很久吧？"我看着地上的烟头，万分抱歉地说道，"这里还真难找。我绕了好几圈才到。"

"没多久，快请进。"

严格来说，五行塔不止有五层。最下层还有一块水泥浇筑的平台，我和林震沿着楼梯走上去一层，才是五行塔的入口，进去就是被称为"土之间"的第一层。因为一楼大厅非常宽敞，被用来作客厅。进入五行塔内部才会发现，屋子的天花板奇高无比，像是有五六米的高度。

"是马医生吧？很高兴能见到您。"

我转过头，看见一个矮胖的男子朝我微笑。

"你好，请问……"

"我叫高云龙,是林震的朋友,今天特地来拜访他的。唉,林先生是个大好人!会发生这种事,真令人遗憾。"他象征性地皱了皱眉头,似乎在向我身边的林震表达他的哀悼。

"是,太意外了。"我只有点头附和他。

很久之后我才知道,原来高云龙也是一位颇有名望的建筑师。

"路途很远吧,辛苦,辛苦。"见我进屋,成晨和林媛忙从沙发上站起,朝我走来。我不知道成晨是否讨厌我,但从他的表情来看,似乎还挺热情。

"长期以来,家父的身体都是马医生在调理。如今斯人已逝,竟还劳烦马医生,真是抱歉。"林媛说着,又朝我微微鞠躬。

"都是自己人,别说这么见外的话。对了,林太太呢?"

我扫视了一圈,并没有发现她的身影。

"刘艳在房间里陪她。"回答我的是林震,"她一直恐惧这里。哼,既然害怕,又何必跟着我来这五行塔呢?"

"阿姨也是担心你……"林媛说道。

"担心我?"林震脸上净是不屑,"担心我也自杀吗?趁大家都在,我再重申一遍,我林震绝对不会自杀!绝对不会!如果哪一天,我真的死了,一定是被人谋杀的。"

"阿震,你冷静一点。没有人会杀你,这都是因为最近事太多,造成你压力比较大。"

成晨把手搭在林震的肩上,试图安慰他。谁知林震突然把他的手甩开,冷冷道:"你最好离我远点。如果不是因为我妹妹,我早就揍你了。"

他这么一说,屋子里气氛突然变了。成晨的脸色也变得十分难看。

"你怎么可以这么对你妹夫说话!"林媛也生气了,"他都是为你好!"

"阿媛,别说了……阿震最近压力大,我理解,没事。"成晨倒没林媛这么生气,反过来还安慰他。林震似乎也无意和他们多说话,自顾自上楼去了。我怕他们担心,忙道"我去看看他",便跟了上去。离开客厅的时候,我听见林媛在我身后抽泣的声音。

上楼时我才发现,五行塔的楼梯特别陡,而且还被设计成了螺旋形。上楼时,我注意整栋楼的右侧,墙壁内镶嵌着一根直径约六十厘米的金属圆柱。圆柱上没有花纹,却有不少深绿色的锈斑。

离开一层"土之间",到了第二层"火之间"。说实话,感觉上并没有什么不同。我伸手抚摸墙壁,感受火山岩那凹凸的触感,心想如果不是别人说,根本无法察觉到一层和二层有什么差异。硬说有的话,也是极其细微的。因为楼层高,间隔距离又大,走到三层"水之间"的时候,我的双腿已经开始发抖了。虽然只爬了三层楼,却感觉像是爬了七八层高楼一样。

"你的房间在这里。"林震带我走进一间屋子,"住在五行塔的人,大部分都住在三、四层。顶楼是屋主的私人房间。"

和楼下不同,"水之间"由于是用钢化玻璃作为墙壁,墙壁中间还灌有流动的水层,因而显得特别有光泽。虽然玻璃也是用的暗色调,但这一层楼却比四、五层来得更明亮。

刚进房间。屋内的豪华装修顿时令我眼前一亮。房间里所有的用品,杯子、梳子、桌椅,甚至床和门框,几乎都以水和玻璃为原料,整个感觉都是晶莹剔透的。我愣了片刻,立刻赞叹道:"这里的房间都好漂亮,太棒了!简直是艺术品!"

"只是表面现象。"林震望了我半晌,才道。

似乎这一切在他眼中,一点价值也没有。

"对了，我有点饿了。平时这里几点吃晚饭？"我抬起手看了看表，发现已是下午五点。

"再过半个小时就开饭了。五行塔的餐饮都是由刘营章夫妇提供的。老刘从前在大饭店当过主厨，手艺很不错，到时候你可以好好品尝一下。对了，待会儿你先下去，我回房间休息一会儿。你让他们别送饭给我，我不饿。"

我点了点头。

林震继续说道："我打算今晚就住到我父亲的房间去。"

他说的是位于五层"金之间"的房间，也是那一层唯一的房间。

"为什么你一定要住那间屋子呢？"我不解道。

"因为有古怪。我非亲身尝试一下不可。"林震冷静道，"马医生，你知道我不信人会在没有外力干扰下，突然失去心智，去自杀。什么鬼魂，什么妖魔，我都不信。但是，我父亲确实从一间反锁的房间里坠楼了，那么，在我看来，凶手一定用了不为人知的手法。我查遍了整个房间，却找不出丝毫线索。为此我非常沮丧。如今我只剩一条路了，只有我自己住进这间屋子，才有机会探究出它的秘密。"

我虽然不信怪力乱神，但想到前两次诡异的坠楼案，心里也发毛。林震的胆识我是敬佩的，所以当时我并没有出言阻止。现在想来，如果当时我拼命阻拦林震夜宿"金之间"的话，或许就不会发生之后的惨剧了。

4

在林媛的安排下，大家围着餐桌坐了下来。除了林震和陆向红，其他人都聚在了位于"土之间"的餐厅里，面对面地做自我介绍。熊萍抱着餐具和葡萄酒瓶子从厨房里出来,分别在我们每个人面前摆上。她的丈夫刘营章,则在厨房为我们的晚餐忙碌着。

"要不我还是去叫一下吧?"刘艳看上去心事重重,"不吃饭怎么行?"

"林震?去了也没用,他那脾气,你还不了解?"高云龙摊开双手。

"别管他了。我让老刘留了一些吃的,如果夜里他饿了,再替他送上去。我们先吃。至于陆阿姨,我会亲自给她送饭的。"

开口说话的人是林嫒。

"话说回来,这里还真是漂亮。如果没有发生那么多恐怖的事就好了。"

刘艳感慨道。

高云龙也表示同意,说道:"确实,五行塔可谓建筑中的艺术品了。只是我不太明白,这么神奇的建筑,为何一定要建在这么偏僻的地方。像这样的杰作,不应该让更多人了解吗?作为建筑师,我没法理解最初建造这栋屋子的人的想法。"

"可能就是不想被人打扰吧?"成晨说,"整天被人参观,我想也不是什么好事。"

"说起来,五行塔还真是特别。它的结构也异于别的高塔建筑,简单来说,就是不按常理出牌……"高云龙从建筑学的角度出发,不停为我们讲述这栋楼的妙处。说到动情处,还不时拍打自己的大腿。反倒是另一位建筑师成晨,在一旁不发一言,甘当听众。

佳肴一道道被端上桌,这时我早已饥肠辘辘,毫不顾忌形象,挽起袖子开始大快朵颐。林嫒所说果然不假,菜品风味极佳,有好几道都是刘营章自己研制出来的创意菜。

"不过,还是有问题。"

说了不少五行塔的优点之后,高云龙突然停顿了片刻,说出了这么一句耐人寻味的话来。

"有问题?什么问题?"刘艳好奇道。

"怎么说呢……"高云龙沉吟片刻,才道,"虽然从美学上,我对五行塔赞不绝口,可是创新的另一面就是不守规矩。这实在是一栋不守规矩的建筑物,而且很多地方我觉得非常不合理。比方楼层与楼层之间距离太远,还有墙体太厚实了。不过这都是小毛病,无伤大雅。总体来说,我还是很喜欢五行塔的。"

说完这句,他才意识到可能说错了话,于是吐吐舌头,低头吃饭。

"不管怎样,今天还是谢谢大家都到五行塔来做客。如果只剩我一个人,我不知道该如何面对这一切。"林媛再次表达了她对我们的感谢。

晚饭后,我们转移到与餐厅相邻的休息室里。

林媛和刘艳去了陆向红的房间,替她送晚饭。我隐隐感觉有点不对劲,为什么陆向红总是不肯露面?按理说,这样做是非常没有礼貌的,难道她有什么不能见客的原因?如果有,那到底是什么呢?

"老实说,林先生的自杀真的很可疑。我看过当年周健案子的报道,也是周围亲人纷纷证明他没有自杀的理由。"高云龙晃动着手中的红酒杯,"对于这样棘手的案子,警察也是束手无策啊!感觉像是被魔鬼操控了意识呢!对了,你们有没有听说过降头术?"

我当然听说过,据说那是流传于东南亚地区的一种巫术。降头的本质,即是运用特制的蛊虫或蛊药做引子,让人无意间服下,对人体产生特殊药性或毒性,从而达到害人或者控制人的目的。

见我们没有反应,他又道:"如果说林先生被人下了降头,那么……"

"这种没有根据的事,有什么好讨论的?"

成晨看来没兴趣探讨这个话题。

"不过……"过了一会儿，成晨却先开话头，"不知两位平时读不读推理小说？"

"偶尔会看。"高云龙道。

"经常读。"我知道成晨想说什么，于是抢先回答道，"在推理小说中，有一种诡计，我们姑且称为坠楼诡计吧！谜面倒和这次的事件很相像！"

"是的，美国侦探小说家约翰·狄克森·卡尔有一部小说，就是讲这么一个故事。有人不断自杀，但房间的门却是从内部锁住的。那么，凶手是如何让一个神志清醒的人从楼上跳下去的呢？"成晨表情略显得意，似乎在炫耀他的阅读量。

"可是，那本小说的解答无法解释这次的案件。"我也不示弱，继续说，"其实中国也有一位推理作家，挑战过这种类型的小说。讲的是死者自己触发了房间内的开关，因为某种原因，他不得不跳下楼。可是，五行塔上却没有那个'机关'！"

"我只是想说，会不会有这种可能，有人用推理小说中的诡计，在现实中杀人？"

"怎么可能！"

小说和现实怎么能混淆，我无法接受这种事。

很奇怪，不知是因为喝了太多红酒，还是其他什么原因，我的视线突然变得模糊起来。我伸手摸了一下额头，发现好烫。

"马医生，你怎么了？"高云龙看我有些不对劲，关心道。

"有没有温度计？我好像有点发烧。"我问。

"我去拿。"

成晨起身离开，过了大约五分钟，取来了电子温度计。我接过温度计，然后对准耳朵开始测量，屏幕显示的结果是三十九度。

"真的发烧了。"我觉得浑身没有力气,晕乎乎地说,"感觉浑身好烫,又好冷。"

"马医生,不如先回房休息吧?"高云龙说道。

我点点头,由他们俩搀扶着我上楼,回到自己的房间。一踏进屋子,我就倒在了床上,沉沉地昏睡过去。

冷汗顺着我的脖子往下流,湿透了贴在我背脊上的衣服。

浑身好热,忽然又变得很冷。

不,还是好热,感觉自己待在火焰山,骨头都要被融化了。

忽然,窗外一阵雷声炸响,紧接着便是暴雨倾盆。房间的窗户没关,雨水都打进了房间,有些雨滴甚至打湿了我的脸颊。

高烧让我产生了幻觉,整栋五行塔似乎都在发出嘶嘶嘶的声音。像是在黑夜中暗自呢喃,又仿佛是在为某人的生命祷告。

我勉强睁开双眼,看见窗外都是白茫茫的一片。

是雨还是雾?

可是我好累,不想动。我好热。

我在发烧,感觉好难受。好烫,浑身都好烫。

奇怪。

为什么,为什么就连飘落在我脸颊上的雨滴,都是滚烫的?

5

"快醒醒,不好了,出事了!"

迷迷糊糊中,感觉有人在用力摇晃我的肩膀。

我吃力地睁开双眼,看见了高云龙的脸。那张涨得通红的脸因为恐惧而扭曲成一团。他喘息的声音很大，刚才可能剧烈运动过。

"马医生，林震……他死了！"

"什么？"我愣了片刻，随即意识到了事情的严重性，"在哪里？怎么会这样，林震怎么死的？"

"摔死的。"高云龙答道。

"这……"我想起了关于高塔诅咒的传说，一时语塞。

也许是看穿了我的心思，高云龙说道："林震的尸体是今天早上发现的。六点左右，刘营章准备开车去城里采购一些食品，谁知却看见了林震脸朝下，趴在地上。刘营章上前推了两下，才发现林震已经死了，头部周围全都是鲜血……"

"顶楼的那个房间？"

"是的。"高云龙点点头。

"难不成……"

"是的。"高云龙闭上了眼睛，"如果不是我亲眼所见，我也不敢相信。那间屋子的门，是从内反锁的。我们好多人轮番去撞，才撞开。所以可以肯定，门一定是从内用插销锁上的，唯一能通向外部的，只有窗户……"

难以置信，难道五行塔真的有诅咒？

我感觉眼前一片模糊，险些摔倒在地。

"走，去看看林震。其他人呢？"我手忙脚乱地披上外套。

"都在楼下。"

我看了一眼挂钟，六点四十分，然后便随高云龙下了楼。

当我们赶到现场的时候，林震的尸体已经被人用一块床布盖住了。我看见林媛已经瘫倒在地，成晨把她扶起来，她就开始大哭。一直躲在房间里的陆向红也在，只见她一头短发，显得很精神，虽然人过中年，容貌也没有太大变化，风韵犹存。和林嫒不同，她面无表情地看着地上的林震，一言不发。刘艳也在痛哭，双手捂住嘴，不让别人看到她的表情。刘营章夫妇则在一旁，尽量安慰着大家。

"有没有报警？"我问高云龙。

"报了。"

"警察怎么说？"

"正在赶来。"高云龙叹道，"可是，不知道什么时候能到。"

"这话什么意思？发生了杀人事件，不是应该立刻出警吗？"我加重口气道。

高云龙看了我一眼，用一种非常沮丧的口吻说道："警察说，原本可以马上就到。只不过因为昨天暴雨，引发山体滑坡，泥石流把从警局通往五行塔的唯一一条路给堵了。不过他们保证，一定尽快赶来，希望我们不要破坏现场。"

"不要破坏现场？那就这么让他躺在地上！"

原本平静的陆向红，忽然朝高云龙吼了起来。

"可是……"

"不行！必须把他搬进屋子里。如果你们不帮忙，我自己来。"

说着，陆向红便挽起袖子，打算搬动林震的尸体。

我也看不过去，上前帮忙。于是，在大家齐心协力下，终于把林震的尸体搬进了五行塔。在第一层找了一间空房，暂时把尸体安置下来。放好后，众人又回到了大厅。

没人说话，空气中弥漫着恐惧的气氛。

又过了好一会儿，才有人开口说话。

"这地方没法待下去了，我建议警察来了之后，大家立刻离开。"高云龙提议道，"在此之前，大家最好待在一起。这鬼塔太诡异了……"

"你是说,这塔里真的有鬼?"刘艳表情惊恐,显得很害怕。

"怎么说呢,就是有点不太对劲……"高云龙补充道,"我觉得还是远远离开这里比较好。虽然我是科学的信徒,可是已经发生了那么多事,绝对不是偶然!"

"说到奇怪的事……"刘艳抬起头,"昨天晚上,不知道大家有没有感觉到……"

"我听见了奇怪的声音。"高云龙打断了刘艳,说道。

"是嘶嘶嘶的声音吗,像蛇一样?"我忙举起了手,对高云龙说,"我也听见了。不过,我不确定是不是幻听。毕竟我还在发烧,听觉不是那么敏锐。"直到现在,我的高烧也没有退下,浑身使不出劲,感觉还是晕乎乎的。此刻我只想回到床上睡觉。

"其实我也是半梦半醒,不敢确定。"刘艳歪着脑袋说。

当大家都在激烈讨论的时候,坐在刘艳身边的陆向红依旧没有开口。林媛悲伤过度,整个人失去了往日的神采,颓然仰躺在沙发上。我们除了等待警察,什么都做不了。坐以待毙的感觉真糟。

遗憾的是,我还天真地以为,事情已经告一段落。

但是事实上,那却只不过是一个开端而已。

用过了刘营章夫妇为我们准备的丰盛晚餐,大家团团围坐在餐桌旁,商量对策。

期间,我用温度计测试了一下体温,还是高烧不退。其实不用量我也知道,身体忽冷忽热,非常难受,肯定没有痊愈。陆向红不知是和我一样身体抱恙,还是因为林震的死对她伤害太大,晚餐随意吃了两口,便不顾众人阻拦回房间休息了。反观林媛倒是强打精神,认真地听了在座各位的建议和对此事的看法。几乎所有人都认为,林震的意外，不是人力所能解释的。

"话是这么说没错，可我还是难以相信。"高云龙伸手把玩着眼前的白色骨瓷茶杯，"或许我们看漏了什么也说不定！"

"可是，接二连三地发生这种事……"林媛欲言又止。

"在警察来之前，我觉得还是别轻举妄动的好。"刘艳眉心拧在了一起，战战兢兢地说道。也难怪，虽然是林志坚的私人秘书，但她也只是一个二十出头的小女孩，在经历了两次离奇死亡事件之后，她的心理防线早就崩溃了。

林媛点头道："我赞成刘艳的提议，为了防止下一起意外发生，我们最好……"

"真是可笑！"

说话的人是成晨。

"哪里可笑了……"

"你以为在拍电影吗？五行塔内潜伏着杀人凶手，是吗？你们如果想留在一层等待警察的话，我绝对不会反对！不，应该说双手赞成才对！只是我可不奉陪了。我觉得累了，回房。"成晨略带讽刺地说道。讲完这些话，他就头也不回地上楼了。

林媛看着她丈夫的背影，泪水在眼眶里打转。

这时，我突然想起了林震生前曾和我说过的话。

"我想去楼上看看，有人一起吗？"这时，高云龙突然站了起来，似乎想到了什么。

"我陪你去。"我说。

左右无事，上去看看也好。

其他人似乎对顶楼的那间屋子没有兴趣，只是坐在原处。见没人再附和，我和高云龙便沿着楼梯朝上走。高云龙一直在想着什么，上楼的过程中我们没有对话。

来到门前,我用拳头轻轻敲击了几下。

门发出咚咚咚的声音。

"这门好坚固!"我转过头去问高云龙,"你们力气好大!"

高云龙用手揉了揉肩膀,苦笑道:"别谈了,差点儿撞得脱臼!这可是铜门,你以为是木头做的吗?"

我想,即便是实木门,要用肉身去撞,也是够呛。

踏进这个房间,我就感到一阵寒意。房间的布置很寻常,就是桌子、椅子、床、柜子等寻常家具。与众不同的是,这间屋子里所有的东西,甚至连地面,都是用纯铜打造的。正如我的房间,无论是家具还是摆设,都是用的玻璃。

"感觉好奇怪。"

我向床上望去,见到是一张铜床。床上的被褥被主人揉作一团,随意地丢弃在一边。

高云龙在房间里来回走动,像是在寻找什么的样子。

"需不需要帮忙?"我故意这么问。

他没说话,只是冲我摇头。

房间的窗户是从内往外推开的。我站在窗前,往下看去。虽然才五层楼,可是因为每层楼的天花板都特别高,而且加上层与层中间还有旋转楼梯的距离,往下看去有种站在十几层高楼的错觉。从这里掉下去,致死的概率非常高。

风太大,吹得睁不开眼。我关上窗户,然后转过身。由于转身的幅度太大,不小心撞到了身后那张铜桌的桌角,疼得我龇牙咧嘴。因为撞击的关系,原本放在桌上的杯子突然倒了,从杯子中流出的咖啡,滴在了我的手上。

——真倒霉！

　　我扶起杯子，拿出口袋里的手绢，把桌子擦拭干净。

　　"我知道了！"

　　高云龙蓦地在我身后大声喊了起来。

　　"什么？"

　　"我都知道了！"高云龙看着我，双眼放光，"五行塔的秘密，我已经知道了！"

　　"是……是什么秘密？"

　　我被他的样子吓坏了。

　　"现在我要去证实一下，是的，只有这样才能解释通！"高云龙异常兴奋，不断用手指敲击着那扇铜门，"秘密就在这里，原来如此！真是踏破铁鞋无觅处啊！马医生，我的预感一直没错，林志坚和林震都是被谋杀的！杀死他们的人，此刻就在五行塔之中！"

　　"高先生，你没开玩笑吧……"我试图让他安静下来。

　　"当然没有，我非常认真。好了，不和你多说了，现在我要去一个地方。只要见到了'那个东西'，一切都会解决的！"他话音甫落，便离开了房间，朝楼下跑去。

　　听着他急促的脚步声，我的心里忽然一阵惆怅。

　　也许是预感。

　　因为当时我还不知道，这是高云龙生前，与我说的最后一句话。

6

　　浑身酸痛。

　　看来，高烧还是没能退下去。是被细菌或者病毒感染了吧？高烧最常见的就是这种情况。发热时人体免疫功能明显增强,对清除病原体和促进疾病的痊愈有着积极的作用,可是如果持续高热,后果也会很严重。

我睁开眼睛,想知道现在几点。可是原本应该放置挂钟的地方,却是空空如也。

——怎么回事?

我伸手揉了揉眼睛,定神再看,还是没有。难道是高烧太久,烧糊涂了吗?我勉强从床上坐起身,感觉房间的天花板在旋转。

起床后才发现,挂钟并没有消失,而是掉在了地上,碎了一地。

钟面的材质是玻璃,从墙上落下,自然是粉碎了。也许是没有在墙上钉牢固吧,我想。可是玻璃破碎这么大的动静,为何我一点印象都没有?看来生病的时候,人类的感官都会随之衰退。这时候,就算有人把我从楼顶丢下去,我也不会反抗。

直起身子打了个哈欠,感觉口渴,赶紧给自己倒了一杯凉开水。高烧要多喝水,这是就算不当医生也会知道的常识。

当我准备倒第二杯的时候,一串急促的敲门声打断了我。

"马医生,您醒了没有?"

是刘艳的声音。

我打开房门,见她的表情有些僵硬,忙问道:"有什么事吗?"这时候,我心里已经有了一些预感——事情正在往极坏的方向发展。

果不其然,刘艳指了指楼上,说道:"好像出了一点麻烦。"

"麻烦?"

"门……门打不开了……"

"什么?"我追问道,"你是说林震出事的房间,又被锁住了吗?"

"不,您误会了!"刘艳摇头否认,"是四楼的卫生间,门被从内反锁,打不开了。非常奇怪,大家都在四楼,您要不要去看一下?"

刘艳说的四楼,也就是被称为"木之间"的楼层。

"走,我们去看看!"我披上外套,就和刘艳上了楼。

走楼梯的时候,刘艳在前,我在后。她的速度很快,可能是发烧的关系,虽然我紧跟着,但有些吃力,不一会儿就开始低头喘气。这时,我发现木质楼梯上有些开裂,边缘也有些凸起。

"小心脚下,别摔着了。"我提醒刘艳。

她点了点头,但没有放慢脚步的意思。

来到"木之间"的卫生间门口,我对弯着腰守在那儿的林媛招了招手。

"高先生呢?"林媛没有回应我,而是问我身边的刘艳。

"不在房间里,房门也没锁。"

"找不到他?"

"是的。"

我环顾四周,发现除了成晨和陆向红之外,其余的人都到齐了。

大家神情焦灼地看着卫生间的木门。

"被什么东西顶住了。"成晨愁眉不展地说,"具体是什么,还不清楚。"

"不如撞开看看?"我提议道。

"看来也只能这样了。"

刘营章摆了摆手,提议道:"有东西从内部顶住,撞门是行不通的。把整个门从合页的地方卸下来吧?"

不愧是五行塔的管家,经常处理家务,对这种事很在行。他下楼拿了工具,然后慢条斯理地拿螺丝刀卸下一颗颗螺丝,最后在我和成晨的帮助下,将整个门搬移开来。

就在卫生间的木门离开原来位置的瞬间,一股恶臭朝我们扑来。

我下意识地用手捂住鼻子,然后抬起头,打量了一下卫生间里的情况。就在这时,我看见坐便器前大约一米的位置上,垂吊着一个人。不,应该说是一具尸体。

高云龙的尸体!

老实说,我很少受到这样的震动,但是这时,我真的被震住了!

从他身上传过来的那股气味,实在是令我难以忍受。

身后的成晨突然跑到坐便器边上,然后蹲下身子抱住坐垫,哇的一口吐了出来。一股浓烈的酸味在空气中瞬间弥漫开来。

"发生什么事了?到底怎么回事?"

我的心中十分乱,一时间根本出不了声。

林媛在我们身后问道。但当她把头探进卫生间之后,她也不说话了。她摇摇晃晃地走进卫生间,看起来受了很大的刺激。

但令我更在意的,是横在卫生间的一根长约一米五的金属管子。就是这根管子,从内部抵住了卫生间的门,让门无法推开(现场如图所示)。

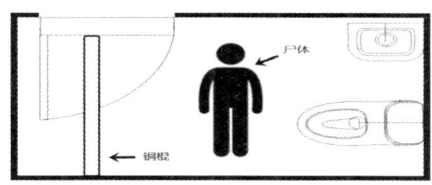

见到这样的情况,刘营章和熊萍也吓得缩成了一团。

直到这时,我紊乱至极的思绪才得以略微缓解。我大声喊道:"不要乱碰卫生间里的任何东西!"接着,又冲着身后的人喊道,"大家先退出去,我们要保护现场,现场很有可能有凶手的指纹或者其他什么线索,直到警察来为止。"

死者的眼睛似乎还没有闭上。

我不敢去看高云龙的表情。

"再怎么说,要不要先把人放下来?"刘营章提议道,"总这么吊着,也不好。"

"是啊,要不先搬下来?"

成晨摇晃着站起身来,情绪没有刚才那么激动了。

既然如此,我也不好拒绝。于是我们三人忍住恶臭,把高云龙的尸体放下。那根勒住他咽喉、令他丧命的绳圈,还悬挂在天花板上。

我们三人轮流退出卫生间,刘艳、熊萍、林媛三人,则脸色苍白地站在门口。

"林太太应该还在房间里吧?"熊萍不安地皱着眉头。

"不管怎样,先把各位叫起来吧,到一层客厅集合。"

成晨说话的口气非常干脆。

接着,我和林媛一起去了四楼,首先敲了敲陆向红房间的门。过了好一会儿,陆向红才打开房门。她有些警觉地看着我们,问道:"怎么了?"

我不知该如何回答这个问题,于是把目光投向了林媛。

"高云龙先生死了。"

林媛看了一眼陆向红,语气沉重地说道。

"我们就在这儿等着警察吧。"

成晨叹了口气,显得有些无奈。他将五行塔里的所有人都喊到了一层客厅集合,然后对大家做了进一步的说明。

"门被管子从里面抵住了,所以……高云龙是自杀,对吗?"

刘艳双手用力扯着一块手帕,声音中带着哭腔。

成晨点头道:"只能这么解释了。卫生间没有窗户,只有上方的换气孔。刚才我粗略地检查了一下,上面覆盖着一层厚厚的灰尘,不像是有人动过。如果这样的话,除了高云龙以外,没人能够进入卫生间。"

——不对劲,话虽如此,但是我感觉没有这么简单。

"如果是自杀,他为什么要这么做?"林媛问道。

"或许是畏罪自杀吧!"刘艳答道,"恐怕他和林先生的死有关。警察快要来了,所以越想越害怕,就自我了断了。"

——说不通!这个理由,说不通!

成晨正色道:"现在我们能做的,就是安静地等待警察来。我们都是外行,无论怎样的猜测都是徒劳的。唯一可以确定的,是高云龙一定是自杀……"

"不!"我提出异议,"我不这么认为!"

"那如何解释卫生间的密室状态呢?我已经说过了,换气孔没有被人移动过,即使有人动过,这么小的空隙,别说成年人,就算孩子也无法通过。"

成晨眯起一只眼睛,略带蔑视地说道。

"我不知道凶手是怎么办到的,但是……高云龙不会自杀!"

"为什么!你有证据吗?"成晨训斥般,对着我大声喊道。

耳边听到了警笛声。

这时,我的心中十分乱。

"高云龙不能自杀。"我说。

警笛声越来越清晰,我仿佛能够听见警车轮胎摩擦地面的声音。

他们快到了,我也快支撑不住了。头真的好晕。

"什么?为什么不能?"

林媛愕然地望着我。

"因为他办不到。"我有些站不稳了,伸出手扶住了手边的沙发靠背,"没有垫脚的东西,绳圈这么高,他爬不上去!"

——不行了……

我眼前一黑,仰面直直地倒了下去。

那一瞬间,我听见了惊叫声、哭喊声、吼叫声……

还有警察破门而入的声音。

第二部 张战峰的刑侦笔记

　　烛火因空气流动而微微左右摇晃，桌上的影子也缓缓变形，室内充满紧张气氛。就在此瞬间，一直困扰我们的"人狼城秘密"即将从兰子口中进出。

　　　　　　　　　　——二阶堂黎人《恐怖的人狼城》

1

　　如果不是这起案件，恐怕我一辈子都不会知道五行塔这栋神秘又古怪的建筑物。

　　至于五行塔究竟是一个什么样的所在，对我来说，直至今日，都可以说还在五里雾中。唯一可以确认的是，它注定将是我职业生涯中的污点。

　　我叫张战峰，是腾冲公安局的刑警，经手办理的都是一些恶性案件。其中，凶杀案占大部分，包括两年前震惊全国的猴桥镇连环杀人事件，我也有参与，并且与重案组同仁协力将凶手捉拿归案。可是，在我丰富的刑警生涯中，却从未遇见过比五行塔杀人事件更"奇特"的案子了。

　　请原谅我的词汇匮乏，除了"奇特"之外，我再也找不到合适的词语来形容这起案件。不是血腥，我见过把尸体分成一片一片，然后存储在冰箱里，吃了大半年的食人魔；不是恐怖，我办过一起在凌晨两点的坟地，发现两具穿着寿衣的被害人尸体的杀人案件；也不是凶残，我追捕过一个身背三十六条命案的亡命之徒，他装备精良，荷枪实弹地和警察交火！

我用"奇特"来描述，是因为在五行塔事件中，发生了只会存在于侦探小说中的故事情节——密室杀人！

故事还是要从二〇一五年八月的一天说起。

我们接到一通报警电话，说是在某地发生了坠楼事件，疑是自杀。于是我们便出动了警力前去勘察。可惜天公不作美，由于暴雨引发了山体滑坡，通往五行塔的唯一通道被泥石流堵住。疏通抢修工作持续了一天，警车才得以继续前进。

"这真是一栋奇怪的房子啊。"

到达五行塔之后，随行的青年警员李帅鹏不由发出了这样的感慨。小李是我多年的搭档和助手，与我东征西战好多年，能吃苦，不怕累。唯一的缺点就是太天真，喜欢把什么事都想得简单。

到达五行塔后，我发现这里看上去远不如片片上那么光鲜。整体给人的感觉非常凌乱，草木芜杂的样子。特别是靠近五行塔的植物，无论是杂草还是野花，或者是一些叫不出名字的树木，都比远处的植物高出很多。其中的原因，恐怕要让植物学家来解释了。

当我们进入五行塔时，听见了一阵骚乱的声音。一层客厅里站了六个人，沙发上还躺着一个，据说是高烧太厉害，晕了过去。他们见到我们，像是见到了救世主般，一拥而上，开始七嘴八舌地讲述事件的经过。我先做了个安静的手势，然后说道："大家安静，我只有一双耳朵，你们这么多张嘴，我听谁的？待会儿我给大家足够的时间。现在我们必须去勘察一下现场。"然后转身吩咐小李:"我们去案发现场搜查取证。"

那个叫成晨的建筑师告诉我们,在报警之后,四楼的卫生间又发生了一起命案。死者名叫高云龙,同样也是建筑师。他在卫生间里自缢,并且用一根一米五左右的铜管从内部抵住了门。因为门是往里推开的,被铜管抵住,他们只有把整个门卸下才能进入。虽然这在一定程度上破坏了现场,幸好当时有很多目击者在场,开门的刘营章不至于说谎。

"先去四层的卫生间看看吧!"我对小李说道。

"我陪你们一起吧!"建筑师成晨自告奋勇地要当指引。这里我们不熟,他愿意带我们去,那最好不过。我忙向他道谢。

上楼之后,我才发现了五行塔的秘密。这也怪我太后知后觉,原来这栋建筑叫作五行塔是有原因的。它的每一层所用的建筑材料,是对应金木水火土五种元素的。

"第一层使用的是泥土啊?那房子是不是很不稳固?"我提出了一些疑问。

"不会,这点请放心。用夯土来造房子,这种技术,中国某些地区还在使用。"

"哦?"我饶有兴致地看着成晨。

"用原木制成墙体模型,然后用大量潮湿的泥土填入,再用一定重量的工具夯实。"成晨见我有兴趣,也很配合地开始了解说,"张警官质疑土墙的牢固程度,这大可不必。只要在土墙里面嵌入一些构造柱和圈梁,就可以把土墙撑住,就好像肉里面有了骨头,即使激烈摇晃,建筑也可以被支撑住。而且在土料里面加入非常少量的石灰或者水泥,百分之五左右,就可以大大提高土墙的强度。"

"夯土是不是像电视剧里演的，用木头锤子来回敲打？"我想起了曾经看过的一部古装历史剧。

"哈哈，当然不是。从前古人用的是木质的夯锤，现在早就换成铁质的了。而且不是手工来操作，大都是小型机械代替手工，这样也可以大大提高夯筑的紧实度，让墙体更坚实。另外，在土墙里面加入一些竹筋和木销，也可以起到一定的拉结作用，就好像在混凝土里面加入钢筋，可以让墙体不那么容易崩坏。"

"原来如此，真是神奇！"

"而且当年建筑师在设计五行塔的时候，一定考虑过抗震这方面的因素。"

我边走边欣赏五行塔的内部结构，不禁啧啧称奇。当初设计这栋建筑的设计师，究竟是出于什么样的考虑，才把五种元素糅合在一起的呢？五行塔与其说是一座建筑，毋宁说是一件不可多得的艺术品。

四层的卫生间有五六平大小，尽头是坐便器和洗手台。尸体被发现的地方是离坐便器半米多一点的位置。我看了一眼，对身边的小李说："看出什么问题了吗？"小李看了看我，表情木讷地摇头。

我指着坐便器说："你不觉得离死者上吊的地方太远了吗？卫生间里没有可供他垫脚的东西，死者是怎么把自己吊上去的？"小李愣了片刻，轻声道："你的意思是……谋杀？"我郑重地点了点头。这时，身边的成晨也开口了："在你们来之前，马医生也这么说。但如果高先生不是自杀，那铜管抵住门是怎么回事？凶手如何办到的呢？"

"密室杀人！"小李突然双眼放光，"老大，这可是密室杀人啊！"

"你闭嘴！"

"真的，真的是密室杀人！终于让我遇见了！"小李激动得难以自已，"老大，难道你不激动吗？这个卫生间，是货真价实的密室！"

我别过头不去理他,开始观察整个空间。与众不同的卫生间,墙体也没有贴瓷砖,都是木质的材料。顶上有个长宽各约十厘米的换气孔,但仔细看去,会发现一张蛛网罩在上面。如果想不破坏蛛网打开这个换气孔,是不可能的。

"地面是什么材料?"我问成晨。

"应该是用特殊制作的竹子做的地板。"

"很坚固啊!"

"是,竹子因为是植物粗纤维结构,它的自然硬度比木材高出一倍多,而且不易变形。"

我蹲下,用手轻抚地板,感觉到有一点奇怪。

"这里不对劲啊。小李,你来看一下。"我指着地板说道,"怎么感觉有点倾斜?"

"确实些倾斜,因为要考虑到排水的坡度啊!"成晨笑着说道,"张警官,看来你还没有装修过房子吧?"

我在老房子住了几十年,对房屋装修的情况,自然是一窍不通。

"也许这个卫生间,原本应该是打算造成淋浴房的吧?你看,地漏位置靠近门这边。为了能够顺利排水,地漏另一边必须垫高,这样水才会从高处流往低处。由于地漏所处的位置不同,所以也没有统一的标准,地漏在房子中间的话,从墙边到地漏坡度应为零点五,如果地漏位置靠边,从这头到那头坡度应小于一。"

"这个卫生间的坡度很大啊,我站着都能明显感觉到。"

"一般卫生间的坡度在百分之一到百分之三之间,主要是要考虑地漏所在的位置,如地漏在房间中部,那排水坡度就可适当小一些,像这间卫生间,地漏所在的位置比较偏,而且考虑到竹子和瓷砖不同的特性,排水坡度就适当大一些。"

"原来如此！"

成晨的专业回答，解决了我的疑问。我站起身来，环顾这间没有出口的房间。凶手是如何办到的？暂时还没有答案。

"去楼上看看吧！"我对小李说，"就是那间被诅咒的金属盒子。"

2

房间很坚固——这是我对顶层，也就是成晨口中的"金之间"的第一印象。

地上墙壁都是用纯铜打造，用指关节敲上去，还会发出响亮的声音。我站在房间中央，真有种置身于金属盒子里的感觉。连天花板都是金属做的。

"就是从这里跳下去的，这也是房间里唯一的窗户。"成晨推开窗，对我说。

"据说之前的屋主也自杀了，是吧？"

"没错。"

"所以大家都觉得这是被诅咒的房间？"

"都是谣传罢了。"

"喔？"我扬起了眉毛，"看来成先生你并不相信存在诅咒这件事？"

"怎么说呢，我是个不可知论者。在超出自己认知范围的事件，我不会下结论。毕竟每个人都有局限，就算科技发展成今天这样昌明，人类也不可能知晓所有的事。"

"不愧是文化人，说出来的话就是不一样。"我嘴上这么说着，心里却想，如果林震的死不是一件意外，那又意味着什么？是不是有什么人，本来就想谋害他呢？

"哪里，张警官过奖了。"

"对了，关于林震的坠楼案，不知成先生有什么看法？"

"问我吗？"

"请不用紧张，我只想听听当事人的想法。"

"我觉得……应该是自杀吧……"

"可是大家似乎都不这么认为。"

"不然还能怎么解释？要我说世界上有幽灵，一把将林震推出了窗外？其实在很早以前我就怀疑林震有抑郁倾向。"

"喔？你的妻子知道这件事吗？"

"是我自己观察的。抑郁的人虽然表面上和我们无异，但在独处的时候会非常消极。我曾经在夜里见到林震暗自垂泪，他哭得很伤心，但我不知道是为了什么事。"

"可是前屋主周健也自杀了，你觉得也是抑郁症吗？"

"我不认识周健，所以不敢断言。"成晨低头沉吟片刻，又抬头说道，"不过，是巧合也说不定呢！"

"巧合？你的意思是……"

"无论周健也好，林志坚也罢，包括最后发生悲剧的林震。这一切都是巧合。张警官，你做警察这么多年，应该知道，现实是比小说还要离奇的。对了，你有没有听说过《黑色星期天》这首歌曲？"

"那是什么？"小李插嘴问道。

"这首曲子诞生于一九三二年的法国，是一首纯音乐，主要由钢琴伴奏，在一九四五年被毁。"这时，成晨突然咧嘴一笑，显得很狰狞，"你们知道为什么吗？"

我和小李纷纷摇头。

"《黑色星期天》被称为全球三大禁曲之一。传说称,在这首歌存在的十三年里,听过的人,没有一个能笑得出来。很多人因此患上精神分裂、抑郁症等,自杀的人数以百计。而且,自杀者留下遗书都说,其自杀原因,是因为无法忍受这无比忧伤的旋律。张警官,既然歌曲的旋律能够引起人消极的情绪,那为什么房间不行?或许这间屋子里隐藏着我们不知道的秘密也未可知呢!"

我无言以对。

"好的,好,明白了,我们马上下来。"小张放下手中的对讲机,把脸转向我,"老大,都安排好了,他们腾出了二层的房间供我们使用。"

"成先生,一起下去吧。"

我冲他点点头,转身准备离开。

临走之前,我的视线瞥到了铜质桌上的那半杯咖啡。

半杯早已凉透了的咖啡。

3

在二层的一间空屋里,我和小李并排坐着,在身前的桌子上摊开了一本记事本,简单向众人做了自我介绍。除了因高烧昏迷的马医生,其他人都到齐了。

"好了,各位。"我环视众人,尽量吐字清晰,"发生这样的事,我相信大家都觉得非常遗憾。可我们活着的人还是要面对。我知道,这很困难。但是希望各位能够配合我做好调查工作,早日抓到凶手。"接着,众人依序进行了简短的自我介绍。

见他们都很沉默,我又说道:"第二起事件,即高云龙先生在卫生间自缢一事，我提出了不同的看法。据说昏迷的马医生也有这样的观点——没有垫脚，高云龙不可能是自杀。可卫生间的门却被一根一米五长、五六十厘米粗的铜管从内顶住了。目前我们警方还不知道凶手所使用的手法是什么。"

"就跟推理小说中的密室杀人一模一样！"小李突然插嘴说了一句。

我瞪了他一眼，继续道："除此之外，林震先生的坠楼案也有许多疑点。目前我们警方不排除他杀的可能性。不过……不过和高云龙的案子一样，具体操作手法还有待调查。不过我张某在这里向大家保证，这次的案件一定会顺利破获！请大家放心！"

"我只想回家。"一向沉默的陆向红突然开口说道。

"放心，很快就能离开这里了。只要……回答几个问题，供我们破案参考。"小李道。

"好吧。"成晨换了一个舒服的坐姿，"你们问吧，我们一定如实回答。"

碍于篇幅所限，详细的询问环节我就不在这里录入了，就大略地记一下。我先是和他们核对了林震和高云龙的死亡时间，以及发现现场时的一些详细情况。成晨语速很快，大致能够答上所有问题，林嫒和陆向红或许是悲伤过度的关系，话很少，基本上都是成晨在做补充。刘营章夫妇反应很慢，通常要问好几句话，他们才答上一两句，沟通起来很困难。

"关于发现尸体的现场情况，就先问这么多了。"我把记事本翻过一页，"那么案件发生期间，各位有没有发现什么反常的情况，任何事情都行。"

我看着众人的脸，突然想，杀死林震或者高云龙的凶手，会不会也在其中。

"特殊的事情？"成晨歪着脑袋，"好像没有吧……"

"有一天晚上倒是挺热的。"熊萍刚说完这句话，就被刘营章打断了，让她别说这些没有用的废话。

"哦，我想起来了！"熊萍突然瞪大了眼睛。

"什么事？"我忙问她。

"我房间里的台灯灯泡被打碎了！"

"灯泡？"

"是的，不知道谁干的，总不见得是灯泡自己碎的吧！"

"什么时候的事？"

"今天早上。昨天晚上我睡觉的时候还好好的呢！"

"你确定？"

"当然，别看我这样，每天晚上我都写日记呢！"熊萍抬起头，露出了骄傲的神态。

"这么一说，我这边也是。"林媛蹙眉道。

"你也和熊萍一样，台灯的灯泡被人打碎了吗？"我问。

"不是灯泡，是茶杯。"

"茶杯？"

"每天晚上入睡之前，我都喝一杯牛奶。"林媛肯定地说，"可是今天早上醒来的时候，放置在床头柜上的白瓷茶杯却碎在了地上。我本以为是自己睡梦中不小心碰落的。现在想来，恐怕也是人为的吧！"

"这么说来，我房间里的石膏雕塑也被敲碎了。"成晨叹气道，"我还以为是谁的恶作剧呢！可恶，那是我好不容易才从欧洲买回国的，一比一大小的复刻版大卫雕像啊！"

我把目光投向陆向红，问道："林太太，你的房间有没有……"

"花瓶。"

"是插花的那种吗?"

"严格来说,是乾隆年制的梅瓶。算是古董。"林媛在一旁补充道。

"太可惜了!"小李抱着头,极其懊恼地说,"怎么破坏文物啊!这种家伙落到我手里,一定要把他丢到监狱里去!"

"我碎的是镜子。"刘艳状态很差,魂不附体的样子。

"至于马医生的房间……"

"他的挂钟也被砸坏了。因为是玻璃的,我早上把他喊醒的时候,看见了地上的指针。"

我低头陷入了沉思。

这么看来,在座所有人的房间里都有东西被打碎了。假设这是凶手做的,那么目的何在?是在找寻什么吗,还是借机泄愤?完全搞不明白。如果不是凶手所为,那一定是眼前这些人干的。可我还是想不到有什么理由,让他们去做这种既冒险又无谓的事。

"对了,高云龙房间里有没有被打碎的东西?"我突然想到了这个问题。

大家都摇头,不知在是说不清楚,还是说没有。

"我去看过,一切都很正常。"小李挪了一下身子,然后补充道,"林震的房间我也去过,也都好好的。没有被打碎的东西。"

也就是说,所有被打碎物品的房间,住的都是活着的人。

这时,陆向红忽然问道:"我什么时候可以走?"

我也礼貌地答道:"林太太,如果您这边没什么可以提供的线索,可以先回房休息。"

"那我们也可以走了,是这样吧?"成晨先站起了身子。

我点了点头:"就先到此为止吧。"和他们聊了不少时间,我也有些疲倦。

大家纷纷从椅子上站了起来，相继走出了房间。

最后一个准备离开房间的人是熊萍。她的丈夫老刘像是早就忍受不住房间里沉闷的气氛，当我刚宣布询问结束，便快速地离开了。

"对了！"

一只脚已经踏出门口的熊萍，突然停下了步伐。

"嗯？有什么事吗？"我刚点燃了一支烟，抬眼看着她。

"我突然想起了一件事。"

熊萍的神态有些犹豫不决。

她顿了顿，又道："但我不知道和案件是否有关。"

"是吗？"我深吸了一口烟，正想吐出的时候，看见熊萍坚定地点了点头。

"只是一件无足轻重的小事罢了！"熊萍这样说道。

4

熊萍的话引起了我们的兴趣。

所以，我指着一张椅子，对她说道："你先坐下，别焦急，有什么事慢慢和我们说。任何小事都别漏。"熊萍看了我一眼，有点不大情愿似的坐了下来。

"所以，你所说的小事，究竟是什么？"我双手抱胸，好奇地问道。

"咖啡。"

"什么？"我又问了一遍。

"他们打开了林震反锁的门后，我也跟着进去了。出于习惯，我注意到房间的桌子很乱，而且还有一杯咖啡。"

"然后呢？一杯咖啡有什么好奇怪的？"

"这杯咖啡是昨天我给林震送来的，大约是晚上十点。"

"嗯。"我听不出有什么问题。

"可是，当坠楼事件发生的那天早上，我再次踏入林震房间的时候，发现咖啡竟然还有一点余温。"熊萍说。

我停了片刻，向小李望去。他显然知道了我的想法，脸色极其难看，双眉也打起了结。

如果说咖啡是熊萍在死者坠楼前一晚送到的话，何以第二天早上还是温热的呢？过了这么久，无论如何都该变凉了才对。唯一的解释，就是除了熊萍之外，还有另一个人曾经进入过林震的房间，并且给他送了一杯咖啡。看来，林震坠楼事件又另生了枝节，当然也可以说，多了一项能够追寻的线索。

"咖啡还在吗？"我忙问熊萍。

"还在，就是有一部分洒了出来。现在还有半杯。"回答我的是小李。

"快让鉴识科的人拿去化验，看看咖啡里面是否添加了什么致幻药之类的东西。"我用极其严肃的口气说道。因为我内心深处暗暗觉得，咖啡可能是破解谜团的关键线索。

小李听我这么说，略呆了一下，紧接着就站了起来，小跑出门外。

致幻剂能影响人的中枢神经系统，引发对时间和空间的错觉。如果那扇窗对于林志坚和林震来说，不是窗，而是一扇门，也就可以明白为什么他们在密闭的环境中，会自己打开窗"走"出去了。

即便是如此解释，也有诸多令人不解之处。

这个假设如果是正确的，那么就是有人在林震的咖啡里下了药。

那，下药的人，又会是谁呢？

这时，我心中的疑惑也到了顶点。我看了一眼熊萍，心想，现下至少可以证明一点，应该不会是这个人。因为如果证实咖啡中有致幻剂，那么第一嫌疑人就是她。她又有什么理由把自己置身于危险之中？更何况，她是凶手，又为什么要跟我提及咖啡的奇怪之处？

熊萍低声道："请问，假如没事的话，我可不可以……"

"当然，当然，您可以先去忙了。这件事对我们警方帮助很大，谢谢！"

我起身向她表达了谢意。

送走熊萍后，现场勘查工作也差不多接近了尾声。两具被害者的尸体已被运走，其余的警员也都分别将每个人的笔录整理完善。至于咖啡杯内残留的咖啡，鉴定报告要等明天才能拿到，所以现在能做的就是耐心等待。

我走出房门，来到四楼的卫生间，看见新来的小范正在收拾证物袋。

"有什么特别的发现吗？"

"暂时没有。不过所有可疑的物品都拍照存了档。"

"凶器带走了没？"

"那根绳子是吧，正准备装袋带走。"

说着，小范举起手里的绳环，在我眼前晃了晃。

"东西不少吧？"

"还好啦，就是那根堵门的铜管子，实心的，沉得很。费了我九牛二虎之力才搬走。"

"小伙子需要锻炼啊！"我开玩笑道，"总之辛苦你了！"

"哪里，张警官今天怎么这么客气！"

我转过身，正打算离开卫生间，忽然看见门外站着一个女人。定眼一看,才发现这人是林志坚的女儿林嫒。见我走出来,林嫒才缓缓抬起头来,用一种十分奇异的眼光望着我。

我忙道:"林小姐,你是不是找我?"

她点了点头,紧接着又摇头。

见林嫒欲言又止,我便知道她一定有事想说,却又不知该如何启齿。

"张警官,希望你能抓到凶手。"林嫒忽然抽泣起来,泪水,将脸上的妆容都弄花了,"我求求你,一定要抓到凶手。"

"当然,我一定会尽力的,只不过林先生究竟是他杀还是自杀……"

"我刚才在门外都听见了。"

林嫒仍然在流着泪,但是她的神态却很平静。

"听……听见什么?"我问道。

她望了我片刻,才说道:"你和熊萍的对话,我在门外都听见了。"

我愣了一下,刚想责问林嫒,她又继续说了下去:"不过请你原谅我无礼的行为。毕竟死的是我的至亲,我无法坐视不理。所以我知道,我哥可能是被杀死的。求求你,如果真的是凶杀案,请务必要抓住凶手!"

她的眼睛里充满了企求的神色。我也不忍再苛责于她,安慰道:"你放心,我向你保证,尽一切力量也会把凶手捉拿归案。"

林嫒没有再出声,停了片刻之后,才转身向后走去。

"对了。"刚走了两步,林嫒又转过头来,对我说道,"有件事虽然不重要,但是我还想告诉你,希望对破案能有所帮助。"

"喔?"

"昨天半夜,整栋塔都停水了。"

"你怎么会知道？"

"因为我起夜上厕所的时候，发现没水，无法洗手。因为太晚了，所以也没打扰刘营章夫妇。但是下午发现，供水又恢复了。于是也没有在意。"

"夜里大概是什么时候的事？"我往前走了一步。

"具体时间记不清了，我也没看表。大约凌晨两点到四点吧。"

"整栋塔都停水吗？"我追问道。

"是的。楼下的公用卫生间我也试过了，没水。"

停水？这能说明什么？我陷入了沉思。

"希望能对你有帮助。"说完这句话，林媛便离开了。

我的心中，忽然之间被许多事困扰着。无论是五行塔的五种元素，还是林震房间的咖啡、被打碎的物品，以及刚才林媛所说的半夜停水……

这一切和两起命案之间，又有着怎样的关联？

我不知道。

5

九月十六日，一场突如其来的地震袭击了云南腾冲。地震发生后，各级政府部门抢险救灾行动随之展开，省民政厅调运急救物资运抵灾区，消防、森警等人员正在灾区开展救灾工作。据报道，位于云南腾冲地区的私人建筑五行塔，也在地震中被毁。

在报纸上读到这篇报道时，离五行塔杀人事件，已经过去好几个月了。

然而，警方对在五行塔发生的一系列案件，依旧束手无策。

且不说林志坚与林震的坠楼案，连高云龙密室之谜也未能破解。凶手使用的犯罪手法（如果有凶手的话），警方至今无从知晓。

现在，五行塔倒掉了，破案的希望也随之覆灭。

我合上报纸，透过窗外眺望远方，心里想到的是林媛那时的表情。我辜负了她的期望，面对这起案件，我一败涂地。

如今记下这段文字，记录下这一段失败史，是为了以此为鉴，时时提醒自己。

我想，将来或许有人会看到我这段笔记，甚至有人会根据我的笔记，推理出五行塔杀人事件的真凶，也未可知呢！

第三部 韩晋的结案报告

"没想到居然会为了杀人而特地盖一栋屋子。"

——岛田庄司《斜屋犯罪》

1

打开笔记本电脑查阅了一下,发生在云南腾冲县的这起诡异的密室杀人案,离震惊全国的"黑曜馆杀人事件"已经过去了整整一年。

在这和陈爝相处的一年内,我们也接手了大大小小数十宗案件。除了协助刑警之外,还有一些案件是以私人委托形式办理的。大部分的案件都平平无奇,甚至还有人委托陈爝调查婚外恋,真把他当成了私家侦探。

陈爝曾经在美国加州大学洛杉矶分校任数学系副教授,工作之余,也会协助洛杉矶警方调查恶性犯罪,是名正言顺的"警察厅刑事顾问"。可在中国,即使是他解决的案件,在新闻报道中也几乎不提他的名字。幸好陈爝本人只对谜案有浓厚的兴趣,对于随之而来的名声不屑一顾。这样低调的个性,使得他在我发表"黑曜馆杀人事件"之前默默无闻,警方也非常乐意让他协助调查工作。

但在我发表作品之后,不知是福是祸,登门拜访陈爝解决案件的委托人越来越多。然而，我准备讲述的这起案件，却非委托人上门，而是一起"意外"。

为什么我这样形容呢？请读者诸君耐着性子，读下去便知。

那时正值盛夏，我记得是一个休息日的下午。原本和好友石敬周相约去羽球馆打球，可当我带着球拍到达约定地点的时候，他却给我发了一条短信，说有事不能赶来。大致意思是公司突然开会，很抱歉。我当然很气愤，可拨过去的电话被他连挂三次，最后直接关机，留我在这个闹市区，像个笨蛋一样站在原地。

室外闷热难当，我决定去身后的商场吹一会儿空调，顺便喝一杯冰咖啡，再考虑待会儿是回家还是继续联络其他朋友。商场的冷气很足，瞬间就把暑气吹散，令我整个人又恢复了活力。乘着自动扶梯到了二楼，发现左侧有家书店。这年头，敢在商场里开书店真需要一些勇气。实体书店生存不易，像这种装修有特色的更是寥寥无几，不如用实际行动支持一下吧！我心想，下午也没事，买本书读也是个不错的选择。

打定主意后，我就迈开脚步，朝书店走去。

走到悬疑专区，发现最近新出了不少推理小说，正在挑选时候，突然有个女人站到了我的身边。我并没有特意去看她，只是她身上淡淡的香水味，让我不得不把关注点转移到她身上。我看见她伸出白皙的素手，在一排书脊上轻抚过去，然后从书架上抽出了一本厚书。书名没有看清，但从包装来看，应该是P.D.詹姆斯的侦探小说。

这时，我已忍不住转过头去看她。站在我身边的，竟是一位标致的美女，虽然说不上倾国倾城，但容貌也算艳丽出众。再仔细看她，随意半扎着的马尾，侧面勾勒的曲线，都是那么好看。也许是她注意到了我的异样，也转过头来看我。

"韩晋?"她瞪大双眼,转而露出了笑容,"好久不见啊!"

我也看了她半天,才恍然道:"林媛,原来是你啊!你怎么变了?"

回忆一下子充斥了我的脑海,过往的事情历历在目。

林媛上下打量我:"有五年多没见了吧!你一点儿都没变呢!你没认出我来,是不是我的变化很大?"

"也不是……"我笑道,"只是变得……更成熟了!"

林媛的确十分美丽,而且很端庄,有那么多出色的男士,都为她着迷。

"意思是我老了?"她莞尔一笑,熟悉的感觉回来了。

最初认识林媛,是在《历史参考》杂志社。那时候,我在编辑部入职,而她是销售部的骨干。虽然认识,但接触并不是很多。林媛在杂志社的时候,几乎所有单身的男同事都对她有好感。可人家毕竟是女神,又是富商之女,普通人哪里高攀得起。谁知她最后,嫁给了一位籍籍无名的建筑师,从此便辞去了杂志社的工作,安心嫁作人妇。

严格说来,她和我作为同事的关系,其实也只维持了半年左右。

"你走之后,没几年杂志社就倒闭了。"我们找了一家咖啡馆,坐着聊天。

"我听老陈说了。"林媛用勺子搅拌着眼前的饮料,"现在纸媒难做,何况又是像我们这种小众口味的历史杂志呢。"老陈是我们的主编,一个老学究,喜欢咬文嚼字,脾气也很固执。但是对于林媛,老陈是一点办法没有。不过也是,当年杂志社谁挡得住这位"林妹妹"的"发嗲"攻势呢?

"也是。"我喝了一口咖啡,脑中想着下一个话题该聊些什么。

"对了,你现在做什么?"林媛突然问道。

"回到老本行，教书呗！"我笑了笑，"偶尔也写一些小说。"

"小说？什么小说？"林媛瞪大了眼，似乎很有兴趣。

"推理小说。"

"真的吗？韩晋，你原来会写推理小说啊？给我推荐一下，你都写过什么小说，有空我一定拜读。"

"其实也不算啦，我只是把我那位室友的破案经历如实记录下来而已，算不得创作。"

"你身边有没有嘛，送我一本？"

"等会儿。"我低下头从公文包里取出一本新书，递给林媛，"这本小说记录了这件案子的破案过程。"

"这个案子我听说过，据说是陈年旧案，最近才破了！原来是你朋友解决的？"林媛接过书，流露出难以置信的表情。

"是的。"

听我这么说，林媛忽然皱起眉，表情变得有些伤感。

"怎么了？"我不禁问道。

"没事……"林媛叹了一声，"我只是在想，那个案子，或许你的朋友可以……"

"案子？"我呆了半晌，才道，"什么案子？"

林媛低下头，脸色十分难看，像是在犹豫。过了一会儿，我看见一行清泪从她眼角流出。刚才好好说着话，此时却抽抽噎噎地痛哭起来，这情景可把我吓坏了，忙道："对不起，是不是我说错了什么话，惹恼了你？都是我口无遮拦，请你不要往心里去！"

她哭了好一会儿，才抬起头，神色茫然地说道："韩晋，不关你的事。"

"可是……"

"我想到了一些不愉快的回忆。"林媛用纸巾拭去脸颊的泪痕,"我想起了我弟弟的死,还有我父亲……"

"对不起……"

"我现在一无所有。"林媛凄惨一笑,然后用一双楚楚动人的泪眼看着我,"你知道吗?我的丈夫也和我离婚了。他拿走了我的一切,他毁了我。"

在一刹那间,我的心中忽然起了一阵奇异之感。

听林媛这么说,我竟然并不难受。可耻的是,我内心深处竟然还有一丝兴奋之情。尽管我不想承认,但要说我对林媛一点感觉都没有,那也是不可能的。毕竟像她这样充满魅力的优秀女性,任谁都不会视而不见吧。

"对不起,除了这句话我不知道该说些什么。林媛,我知道现在说什么也于事无补,你一个人承受了那么多痛苦,我无法体会你现在的感受。你能否告诉我,什么事我能够帮助你?我一定尽我所能来帮你!"我的语气非常诚恳。

"真的吗?"林媛突然有些激动,忽然向前,凑近我的脸问道。

"当……当然……"

我下意识感到事情不妙。

只见她用很慢的动作,从包里取出了两本黑色皮革的记事本,摊放在桌上。

"韩晋,如果可以的话,请你让你的室友替我解开这缠绕在我心头的谜团吧!"林媛用她那双淡褐色的眼睛,向我望了一下,语调十分伤感,令我不忍拒绝。

虽然我知道陈熽在场的话,一定不会答应。

2

"我不答应。"陈燨整个人陷在新买的布艺沙发中,双手枕在脑后,双腿则交叠地搁在乌金木做的茶几上,冷冰冰地回了一句,"而且没有兴趣。"

他平时就喜欢这样,不过今天尤其严重,整个人散发着慵懒的气息。

我追问道:"这种奇怪的案子,简直是百年难遇啊!你不是自诩好奇心过人吗?怎么一点兴趣也没有?"

"没错,我是对奇怪的案子有兴趣。"陈燨上身微微前倾,眼睛直视我,"可是,你接受林媛的委托,恐怕不是为了案子本身吧?"

"你别胡思乱想,我只不过把林媛当成好朋友而已,没有非分之想。"

"是吗?我可不这么认为。韩晋,你追女孩我没有意见,可是别把我拖下水啊!我不想成为你泡妞的工具。"

我看着茶几上的那两本黑色皮革记事本,心想这次的事情看来要搞砸了。

见我一脸窘迫的模样,陈燨毫不在意,哼着歌打开了一听罐装咖啡,对着嘴喝起来。

"既然你不肯帮忙,那就算了,我靠我自己。没想到你是这么冷漠的人。"我气呼呼地把桌上的记事本收了起来,放进了公文包里。

"冷漠?"陈燨扬起眉毛,"我可是个热心肠啊!"

"那你为什么不看一下这两本笔记?举手之劳而已!哦,我明白了。你是怕案子太难,即便看了也白搭,是不是?"我改用激将法。

"韩晋,这招对我是没有用的。"陈燨的语调起了变化,有些生气。

——起效了!

"再伪装也没用!'五行塔'是连警方都束手无策的案件,感觉上比黑曜馆之谜都要困难好几倍呢!你是不想在我面前丢脸吧?好吧,我原谅你了!"我继续施压。

"韩老师,要不要我们打个赌?"

"赌什么?"我有些心虚。

"如果我能破这个案件,你怎么办?"

"只要你肯答应接手这个案子,你让我做什么我都愿意!从今天起,所有的碗筷都我来洗,脏衣服也包了!总之所有的家务,都交给我来!"

"你确定?"

"当然!君子一言,驷马难追!"

陈爔看了我一眼,然后从我手中夺过两本记事本,翻开读了起来。

"为什么五行塔要按照五行元素来搭建呢,真是奇怪。"我故意问陈爔关于手记的问题,以挑起他对案件的兴趣,"对了,你可知道五行的起源,是什么时候?"

"关于五行学说的起源,一直有很多观点。古人认为,万物由五种相关的基本物质构成,这就是五行。"陈爔抬起头,看了我一眼,然后又把目光收回到记事本上,"最早记载五行学说的,是夏商时期的《尚书》。书中观点认为,是人们将自然界中具有相同属性的事和物,抽象概括,然后归入五行,再用五行解释事物的变化,最终发展为一种学说,即五行学说。而另一种观点则认为,五行与《易经》的阴阳学说有关。总之,五行说的起源,目前尚未有确切的文献证明。在春秋前,可能已有一种极朴素的五元素说,就是以水火金木土为构成宇宙方物的五种基本元素。我说得没错吧,历史学家?"

陈熠竟然能够答上，真没想到。至于他嘲讽我是历史学家，纯粹是因为我大学时念的专业是历史学，然后又做过一段时间的中学历史老师。所以，在历史学方面的知识，我可不会轻易向他认输。

于是我接着说道："《尚书》中所记载的，是所谓的'五行物质说'吧！确实，五行物质说在历史上一直占据重要地位，但我认为这种说法根本站不住脚。首先，五行并非构成自然社会的五种必需物质，金属就是可有可无之物。而且以五种物质解释五行之间的生克关系，你不觉得牵强吗？"

"我可没说赞同，我只是表述给你听而已。相比顾颉刚先生提出的'天之五星'和郭沫若先生的'手相说'，我认为'五行物质说'还是比较靠谱的。"

陈熠边快速翻阅着记事本，边回答我。

刚才陈熠所说的"天之五星"，说的是人类早期对变幻而神秘的星空非常关注，进而使人们对天象、星象产生膜拜心理。所以历史学者顾颉刚先生认为，"五行"一词的最初含义，是指五星的运行，是人们对天空中不断变化的五大行星的描述。而郭沫若先生则认为，"五行"中的五，与人身的手足之数相同，因此，他提出五行源自古人对人体的观察。

"哈哈，太有趣了！"陈熠捧着记事本，大笑起来，"建造这栋五行塔的人，可真是一个充满创意的家伙！可惜已经塌了，不然我一定要去看看！"

我心想，明明刚才还说没兴趣的，态度转变得可真快。

陈熠很快就读完了马逸鸣的手记，紧接着拿起了警察张战峰的那本。过了大约十五分钟，他才把手中的记事本都丢到了茶几上，再次把自己的身体陷入柔软的沙发中。

"你读完了？"我惊讶于他的阅读速度，"我可是足足看了两个小时呢！"

"让我冷静一下，这次的案件非比寻常，凶手简直有恶魔的智慧！"陈燨看上去心情不错，不停地搓着手掌。

"难道你知道凶手是谁了？"我问。

"只要看穿凶手的杀人诡计，推理出凶手的身份不是难事。"陈燨精神奕奕地答道。

"诡计？也就是说，林志坚和林震，确实是被人杀害的对吧！"

"这不是显而易见的嘛！"

"真的吗？太好了！"我高兴得简直要跳起来，"我们快去把这个消息告诉警方吧！这两宗案件一直被当成自杀来处理，对于死者来说实在太冤了！"

"再给我一天时间。现在，我需要去调查一些事情。具体地点我会通知你，到时候你再把林嫒带来，我会当面向她解释五行塔事件的始末。"陈燨毫不迟疑地站了起来，然后是一副不容分说的样子，拿起衣架上的外套就往门外走去。

我看着他的背影，好半天才缓过神来。

3

翌日下午一点左右，我正在和一位女性朋友吃饭，忽然收到了陈燨发来的短信。说他在沪申大学的物理研究室，让我立刻带着林嫒赶往那边，过时不候。他总是这样，我不得不向朋友道歉，并且立刻给林嫒打了电话。

我们约好了时间地点，然后叫了辆出租车前往目的地。

陈燏虽然没有在沪申大学担任教职，但大学里不少教授都是他的好朋友，校长曾多次邀请陈燏，但都被他以各种借口婉拒。至于哪天才会重回校园，可能他自己也说不清楚。或许永远不会了吧。

我们按照指定地点进入大楼，可能是因为休息日，楼道里空荡荡的，只有我和林媛两个人。右侧是陈燏所说的实验室，我怀着忐忑的心情，小心翼翼地推开门，心想千万别搞错了，万一打扰大学生的实验就糟了。

"陈燏，你在哪儿？"

屋内一片寂静，没有人回答我。

"该不会走错实验室了吧？"林媛在一旁，神色有些不安。

"不会吧？"我又看了一眼手机，然后对了一下门牌号码，"就是这里，没搞错啊！"这时我心想，我和林媛只不过迟到了十分钟，陈燏该不会回家了吧？

不过越想越怕，他似乎就是这种人。

"哇，你们竟然比我还早！"

我转过头，看见陈燏正迈着缓慢的步伐，走进实验室。

"你才刚到？你不是说早就在了吗！"我怒不可遏地冲他喊道。

陈燏却一脸不在乎的表情，笑着说："别生气，我不是怕你迟到，所以提早了一点时间嘛。好啦，既然人都到齐了，我们就开始吧。"陈燏说着，便走上了讲台。然后背朝黑板，看着我和林媛。我们俩赶忙入座。

"先给你们看一样东西。"陈燏边说，边从包里取出一个被白色布料罩着的圆柱形的物体，然后置于讲台之上。紧接着，他把原本盖在物体上的布掀开，露出了它原本的模样。

这时，我听见身边的林媛发出了短促的惊叫声。

我们面前的讲台上，放置着一个精巧的建筑模型，正是五行塔！

黑色的外壳散发着夺目的光辉，塔的样式和在照片上看见过的一模一样。怪不得陈燨说需要一些时间，原来是托朋友去定做了这座塔。

"五行塔发生的杀人事件，可以说是我至今为止，遇见过最有趣的案件了。"陈燨忽然意识到说错了话，朝着林媛微微鞠躬，表示歉意，"抱歉，不过真的是很有趣。我为凶手的想象力折服！当然，究竟谁是真正的凶手，从每个人角度看来，可能会不太一样。"

"你还不知道凶手的身份吗？"我问道。

"我知道是谁杀死了林志坚和林震，但真正的始作俑者，却不是这个凶手。韩晋，你别着急，听我慢慢道来，你自然会知道一切。不过在此之前我先要跟林媛小姐说一声对不起。因为我毕竟是通过两份手记来进行推理，很多细致的线索接触不到，所以请原谅我过分跳跃的思维。如果有哪里没听懂，我可以再解释一遍。"陈燨的语速很快，可以看出，此刻他非常兴奋。

我和林媛朝他点了点头，没有说话，静静等待他说下去。

"从马逸鸣医生的手记中，我了解到，当年建筑师王珏建造了这座五行塔，并用极高的价格卖给了富商周健。周健对五行塔痴心不已，最后出于不明的原因，坠楼身亡。他的纵身一跃，开启了五行塔的诅咒。林志坚和林震追随着他的步伐，也纷纷从五行塔的最高层跳了下去。读的时候，我就一直在考虑一个问题，王珏最后去了哪里？"陈燨冲着我们狡黠一笑，继续道，"总算被我查到，他在周健坠楼死亡后的第二年，在美国出了车祸，当场死亡。然而，这里有个很奇怪的巧合。"

"什么巧合？"我迫不及待地问道。

"在出车祸的那辆轿车上，除了有王珏，还有一位名叫舒文秀的女人。这个舒文秀,就是周健的妻子。那问题就来了,为什么舒文秀会死在王珏的车上呢?"陈燧看着我。

"难道……难道王珏和舒文秀有着不正当的男女关系?"

"没错!"陈燧拍手道,"王珏从很早以前就觊觎舒文秀。于是,周健就成了横在他们俩之间的鸿沟。他们要想在一起,必须先让这个眼中钉消失。"

"那舒文秀何不向周健坦白,提出离婚?"

"那样的话,她就拿不到周健一分钱了。周健不是白痴,在很早之前就做了准备。如果婚内出轨,舒文秀一分钱都拿不到!"

"所以……你的意思是,王珏和舒文秀联手谋杀了周健?"我惊奇地问。

"至少王珏有了动机。于是,他花巨资建造的这座五行塔,就显得非常可疑。"说完,陈燧用手轻轻地拍了拍那座五行塔的模型。

"你是说有密道和机关?"

"不,没有那么简单。韩晋,如果你所说的机关,是那种螺丝弹簧装置的话,很遗憾,五行塔是一栋堂堂正正的建筑,没有任何机关和密道。所以,和林志坚、林震一样,周健确实是从密闭的房间中坠楼的,没有任何人把他推下去。"

"你的意思难道是没有凶手?"

"不,确实有凶手!而凶手,就在这里!"陈燧突然指着五行塔的模型,大声宣布。

"你疯了吗?"我惊呼起来,"你是说,凶手是五行塔这栋建筑?"

陈燧似乎无意和我争执,而是从火柴盒中,取出一根火柴,然后在盒子上擦亮了火柴,接着点燃了桌上的酒精灯。橙色的火苗在跳动,我和林媛聚精会神地看着他右手中的酒精灯。陈燧用左手调整了一下五行塔模型的位置，然后把酒精灯的火苗凑近了五行塔的一边，然后静止不动。

他想燃烧这座五行塔模型吗？火焰跳跃着，试图攀爬上这座模型塔，可它失败了。五行塔的模型并没有烧起来，还是保持着原来的样子。又过了两分钟，陈燔才吹熄了酒精灯。他的右手，始终握着模型，没有松开过。

"韩晋，你上来。"他用左手招呼我，"替我拿一下。"

我立刻起身，走上讲台。就在我伸手接住五行塔模型的时候，忽然一阵剧痛从手中传来！

"啊！好烫！"

——哐噔！

模型塔掉在了地上，幸运的是没有摔碎。

"陈燔，你什么意思，为什么会这么烫手？你是不是故意捉弄我？"我非常气愤。

"你先别这么激动，韩晋，你没有意识到，自己刚才已经解开了五行塔之谜了吗？"陈燔大声说道，"你刚才所握的位置，是五行塔的顶端，也就是原塔'金之间'的位置，那里全部都是用铜制成的。而我握的位置，是'水之间'，由耐热玻璃和水组成。我们所感受到的温度，自然是不一样的！"

那一瞬间，我整个人都呆在了那里。

——原来如此！

——这，就是五行塔的秘密！

"物质的比热容都不同，所以吸热或散热的能力也是不同的。这是热力学的基础，任何一个初中生都知道。当比热容越大，该物质便需要更多热能加热。不同的物质有不同的比热容，比热容是物质的一种特性,因此,可以用比热的不同来鉴别不同的物质。好,我们再来看一下五行塔所用的物质,比热容分别是多少。"陈燨转过身去,分别在黑板上写下了几个数字,"泥土的比热容是零点八四、火山岩是零点九二、玻璃是零点六七,可同属于'水之间'的还有玻璃内的水,比热容为四点二,木为一点七,而铜只有零点三九!金属中,除了零点二四的银,就属铜的导热能力最强了!然后凶手只需要做一件事,就可以让铜屋中的人自己跳下楼去!"

"什……什么事……"林媛整个人都在发抖。

"凶手加热了整座五行塔!"

陈燨说出这句话的时候,物理实验室里鸦雀无声。只能用"瞠目结舌"来形容我和林媛当时的感受。

"凶手加热了整座五行塔,但大部分人却只感觉到热,并没有严重到跳楼。一方面是在深夜,另一方面,大家都留在了比热容为四点二的'水之间'的楼层,且又有隔离热层的保护。即使如此,马逸鸣手记中说过,在发高烧时,还是觉得炎热,就连窗外飘进的雨水也是滚烫的。大家注意,高烧一般是觉得寒冷,怎么会感到炙热难耐呢?言归正传,死者没有那么好运,他在'金之间',所有的东西都是纯铜打造的,包括床。是以当高温到达铜屋时,此刻铜屋之门还是反锁的,而且地上都是铺着铜面,如果你们置身于这样的环境中,唯一的选择,恐怕就是从窗外跳下去了吧!"

"太荒谬了!陈燨,你明明知道这是不可能的!"我缓过神来,反驳道,"五行塔是一座建筑,虽然是各种元素造成,但是要多大的火力,才能加热整栋建筑!"

"你忽略了一个问题——五行塔的位置,是在云南腾冲。有一点地理知识的人都知道,腾冲地处亚欧板块与印度板块相撞交接的地方,地质史年代发生过激烈的火山运动。正是由于两个大陆的漂移碰撞，使腾冲成为世界罕见并且是最典型的火山地热并存区。"

"地热……"我喃喃道。

陈燨又从包中取出一张不知何处寻来的陈旧施工地图，然后摊开在我们面前。他指着其中一个位置，兴致勃勃地说道："你们看这里，也就是五行塔原本的位置。在数年之前，在王珏买下这块地时，这里是什么？韩晋，把这三个字念给我听！"

"地……地热井……"

"没错！王珏竟然在一座废弃的地热井上，盖了一座五行塔！"陈燨啧啧称奇，"加热整座五行塔，靠一把火怎么行？地热能是由地壳抽取的天然热能，这种能量来自地球内部的熔岩，并以热力形式存在，是一种引致火山爆发及地震的巨大能量，这种热量，足以让一百座五行塔沸腾起来！"

"可是，这种热能凶手怎么控制呢？铜屋并不是时时刻刻都灼热啊！"

"这就是王珏厉害的地方。他切断了地热的供能，并且安装了一个简易的导热装置，可以随时随地控制地热的能量。实际上，在马逸鸣的手记中，已经提到了！"

"啊！是那个！"我想起了马逸鸣手记中，曾提到过在楼梯边上的金属圆柱。他说，墙壁内镶嵌着一根直径约六十厘米的金属圆柱，这就是陈燨说的导热装置吗？我把这个想法告诉了陈燨。

"如何控制导热，是这个诡计的重点。然而，作为建筑师的高云龙看穿了凶手的把戏，所以才惨遭杀害。"

"凶手到底是用了什么手法，控制导热的时间？"我急切地问道。

"韩晋，你是否还记得，马逸鸣被杀时顶住卫生间门的那根铜棍?"陈燔似笑非笑地看着我,"那,就是凶手用来加热五行塔的'装置'。"

"直径六十厘米的铜棍?"

"对!如果我的推理没错,那五行塔的结构应该是这样。在'土之间'之下,还有一层空间。手记中提到,五行塔不止有五层,最下层还有一块水泥浇筑的平台。这块多出来的平台,应该就是一个房间,而房间内,就应该有一根用来将地热传导上顶层的铜棍。然而,王珏在建造这座五行塔的时候,故意将其中一截取出了。也就是说,原本纵横整座五行塔的'导热条'被从中间截断了!这样,热量就无法传至楼顶的铜屋,平时也就没有危险。当凶手起意杀人时,只需把这根铜棍重新安入其中,'导热'的效应又被重新开启,地热能会直接加热楼顶的铜屋!"

"这一切都是你的猜测,证据呢?"林媛用嘶哑的声音问。

"咖啡。"陈燔说到这里,顿了片刻,"留在桌上的咖啡就是证据。"

4

"记得手记中说,林震坠楼后,众人进入了铜屋,发现桌上的咖啡还是温热的。这一点,刑警张战峰非常在意。其实他的直觉是对的,只是没有深入。案发前晚上十点左右,熊萍给林震送来咖啡,然后离开。过了一整夜,咖啡没道理还有温度。所以刑警和熊萍都认为,这杯咖啡是别人送来的,并不是当初的那杯。其实他们错了,这杯咖啡,就是熊萍昨夜十点拿来的,只不过在半夜又被加热了一次而已!"陈燔滔滔不绝地说道。

没想到五行塔事件的真相,竟然如此惊人!

"凶手是谁？"林媛眼圈有点发红，"我就想知道害死我父亲和我哥哥的凶手是谁？"

"林小姐，你先别着急，我马上会谈到这个问题。因为杀死高云龙的凶手，就是害死你父亲和你哥哥的人！"陈燨对着林媛说完，又重新走上讲台，"猜到五行塔的秘密之后，我就开始考虑一个问题——凶手为何要制造这么一个密室？"

"因为想伪装死者自杀！"我回答道。

"不，不对劲。"陈燨大摇其头，"凶手是一个思维缜密的人，不会弄出这么一个漏洞百出的密室。"

"漏洞百出？"

"这个密室太刻意了，就好像告诉大家——我只是想建造一个密室而已，实际上根本没有起到什么作用！"

"说的好像你已经知道密室之谜一样！"我不服道。

"我确实已经知道了。"陈燨轻描淡写道，"不过这不是重点，我考虑的是，凶手制造这个无聊的密室，一定有其原因。终于被我发现了，他弄这么一出密室杀人，并不是为了伪装自杀，而是为了掩盖一件事。"

"掩盖一件事？"我不由自主地重复了一遍陈燨所说的话。

"是的！到底是什么事呢？凶手要掩盖的，一定是会暴露他自己身份的事！所以，他制造这个密室，不是为了制造自杀假象，而是仅仅为了使用这根'铜棍'而已！"

"为了使用一根铜棍，而去制造一个密室？"我又开始糊涂了。

"从前有位智者说过，如果要掩盖一具尸体，就去发动一场战争！"陈燨高声道，"凶手制造密室来掩盖铜棍，是因为这根'导热装置'会暴露他的身份。"

"你能不能把话一口气说完,别总是说半句来吊我胃口!"我表达了自己的不满,其实,故弄玄虚一直是陈燏的风格。

"很简单。因为凶手必须把这根铜棍暴露在大家的视线下,放在所有人都看得见的地方,反向推理,也就是说,凶手自己已经失去了藏匿这根铜棍的地方,不然他不会这么做。这个逻辑,没问题吧?"陈燏看了我一眼,又自顾自地说了下去,"那么,凶手为何会失去藏匿铜棍的地方呢?手记中的一个事件,给了我们答案。大家是否还记得,五行塔中,每个人的房间都被敲碎了一件东西——陆向红的花瓶、林媛的茶杯、成晨的雕像、刘艳的镜子、刘营章夫妇的电灯和马逸鸣的挂钟,凶手为什么要敲碎所有人房间里的东西呢?"

"是恶作剧吧?"

"不,凶手所做的每一件事,必定是有用意的。"陈燏分析道,"凶手敲碎所有东西,和制造一起密室杀人一样,是为了掩盖自己的身份。在凶手所敲碎的所有物品中,只有一件和其他物品格格不入。韩晋,你知道是什么吗?"

"大卫雕像……"我随便猜了一个。

"You said it!"陈燏打了个响指,"请注意,大卫雕像可是一比一大小的,这样一个尺寸,正好可以藏下长度一米五左右的铜棍!"

——原来是这样,我明白了!

"没错,林小姐,杀死林志坚、林震和高云龙的凶手,就是你的丈夫——成晨!"陈燏突然提高了音量,目光直视林媛,"高云龙发现了五行塔的秘密,于是找到了成晨。他是否知道成晨就是幕后主使,这我们已经无法知晓了,但可以肯定的是,高云龙非常兴奋。成晨见五行塔的秘密暴露,于是恶向胆边生,用绳子勒死了高云龙。高云龙没有任人宰割,而是拼命挣扎,搏斗中,大卫雕像被敲碎了,于是,原本匿藏在这里的铜棍显露了出来。高云龙虽然死了，可是如果让大家见到这根铜棍，恐怕也不是什么好事，成晨怕大家会联想到五行塔的诡计，于是便制造了高云龙自杀的密室。"

陈燔说到这里停住了。

"这简直像推理小说中的心理诡计！"我大声道。

"确实是这样，**你要匿藏一件东西，最好的办法，就是把它暴露出来！让所有人都看见！**这样，大家的注意力，将不会留在'铜棍是用来干什么'上，因为大家的思维已经被固定了——铜棍就是用来堵门的！"

林媛已经坚持不住了，像随时要倒下的样子，我忙上前一把扶住了她。

"你胡说……我不信……成晨他……他为什么要这样对我……"

"可是，陈燔，你还没有解释卫生间的密室，成晨是如何办到的呢！"我突然想到了这个问题，"这可是一个不逊于推理小说的'完全密室杀人'啊！"

陈燔冷笑道："和用来藏匿铜棍的心理诡计相比，密室诡计简直是小儿科！韩晋，既然你这么想知道，我就告诉你吧！首先，林小姐，你是否还记得，在高云龙被杀的凌晨，你说厕所停水了。可是第二天下午，供水系统又恢复了？"

林媛点了点头。

陈燔继续说了下去："其实，这一切也是凶手搞的把戏！他先把已经死亡的高云龙拖进卫生间，然后吊在天花板上，接着，将铜棍横放于高云龙尸体之前，然后离开了卫生间。"

"他没用铜棍抵住门吗？"

"在此之前，成晨做了一个动作——出了卫生间，去关掉了这座五行塔的水闸!"

"为什么要关水闸?"

"然后,成晨又回到卫生间,打开水龙头,堵住洗手台的排水孔。这时,水龙头虽然打开,可是因为总水闸被关,也是出不了水的。这时,成晨再次离开卫生间,并关上门,然后在门外打开总水闸,这时,会发生什么?"

"水龙头会出水!"

"没错,因为排水孔被堵住,水一定会漫出来。这时,水就开始往外流。因为要考虑到排水的坡度,卫生间的地面是倾斜的,所以当水开始流到铜棍这里时,就会产生一股往外推的力!而竹地板又受过特殊处理,摩擦力很弱,加上地势的高低差,于是铜棍就开始被流水推着滚动起来!直到滚到了卫生间门口,顶住门为止!"

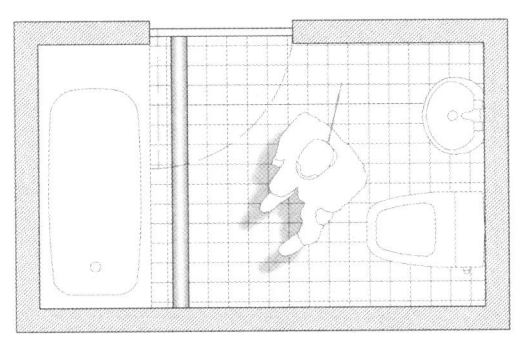

我又张大了嘴巴,竟然是如此精妙的诡计,真是闻所未闻。

"完成这个动作后,成晨只需把总水闸再次关掉就可以了。这样,水龙头就会停止出水,到了早上,剩下的水沿着坡度流进了地漏,一切神不知鬼不觉。直到你们一起进入卫生间的时候,成晨只要趁你们没注意,把水龙头关上,让洗手台的排水孔继续排水,这个密室就完成了!"陈燔说到这里,又停住了。

"太可怕了……"我看着地上的五行塔模型,脑子一片混乱,"动机呢……如果林震是成晨杀死的,那他一定也用了这个手法杀死了林志坚。可是,一个是妹夫,一个是岳父,他为什么要这么做?"

陈燔摇摇头说:"恐怕成晨并没有这么想。他爱的不是林嫒,而是林嫒的身家,他内心真正爱慕的人,恐怕是陆向红。"

"什么?那……林太太?"

"无论是林志坚,还是林震,都已经发觉了他和陆向红的私情。所以他们必须死。在机缘巧合下,林震发现了这栋五行塔的秘密,作为建筑师,他兴奋不已。在经过简单改造后,他促使林志坚买下了这座五行塔,紧接着开始了他恶魔般的计划……"

"这一切,陆向红知道吗?"

"不清楚,也许知道吧。"陈燔回答得很谨慎。

听了陈燔的解答,我感到精神有些恍惚,宛如梦境一般。

而林嫒,此刻已经彻底沉默了。

5

俗话说,天网恢恢疏而不漏。我不知道用这个词来形容成晨和陆向红是否合适,但是当新闻报道他们在美国因车祸双双殒命时,我突然相信了这世界上的一些道理,比如善恶终有报,比如不是不报,只是时候未到。

"虽然说现在已无从查证,既然成晨已死,林嫒也不打算报案。不过我还是想知道,最初是什么因素,让你注意到了五行塔的秘密?我总觉得,不单单是咖啡这个提示那么简单。"

某日傍晚，正当我和陈燔在图书馆借书时，忽然想起了这个在我心头缠绕已久的问题。

"韩晋，你有没有听说过'热岛效应'？"陈燔漫不经心地问道。

"什么是热岛效应？"我不解地问道。

"热岛效应其实就是人为原因，改变了城市地表的局部温度、湿度、空气对流等因素，进而引起的城市小气候变化现象。由于城市建筑群很密集，柏油路和水泥路面比郊区的土壤、植被具有更大的吸热率，和更小的比热容，这让城市升温较快，并向四周和大气中大量辐射，造成了同一时间城区气温普遍高于周围的郊区气温，高温的城区处于低温的郊区包围之中，如同汪洋大海中的岛屿，人们把这种现象，称之为城市热岛效应。"

陈燔捧了一堆数学的书籍，找了一个空位坐下，我也挨着他身边坐。我注意到，他手里其中一本是关于纳维－斯托克斯方程的书籍。

"完全听不懂。"我摊开双手，"你能不能说人话？"

"在看张战峰笔记的时候，我注意到，他谈及五行塔周围的环境，描写了塔四周植被比远处更茂密，野草长得也更高等情况。"

"那又怎么样？"

"这关系到一个植物学上的问题。在生长发育过程中，植物所需的最低、最短、最高温度，称为温度的三基点。植物原产地不同，对温度三基点的要求也各不相同。比如原产地是热带的植物，生长的基点温度一般在十八度左右；温带的植物是十度；一般植物在零到五度的范围内。温度降低则生长缓慢，随着温度上升，生长也会加速！"

"我明白了，五行塔周围因为经常加热，产生了类似于'热岛效应'的环境，导致植物比在其他地区生长更快，才会出现张战峰观察到的这种情况！"

"另外,国外科学家在详细研究了一九八二年至二〇一〇年间的卫星图像后发现,非洲、中东和澳大利亚内陆地区的植物数量急剧上升,与全球温度升高有极大的关联。"

虽然对此仍一知半解,但是我内心深处,还是很佩服陈燔敏锐的观察力。竟然从植被生长情况,联想到了周围的温度问题。

"今天先借这么多!"陈燔站起身来,"走吧,韩晋!我们去喝一杯吧!"

"去哪儿?"

"Next Time!"

话音刚落,陈燔便已迈开脚步,把我甩在了身后。

后　记

　　原本是不打算写这篇后记的,但是这本作品比较特殊。严格来说,这是我第一本短篇小说集,责编老师建议还是谈一下比较好。本书是继上一本《镜狱岛事件》之后,第三本以数学家陈爝为主角的作品,收录了六个本格推理短篇。这些短篇跨度从二〇一四年初至二〇一六年末。虽然已过了整整两年,时间不能算短,但陈爝的短篇作品却不多,有些遗憾。

　　接下来,我想和大家聊聊关于这六个短篇的创作故事,权当餐后的甜点。

　　不过在此之前还是要提醒没有读过正文的读者,后记中部分内容可能会泄露本书谜团的真相,请谨慎阅读。

　　在写完陈爝系列第一作《黑曜馆事件》后,我读了一本有关灵魂离体的书籍。作者是美国人,书中举了大量实例(大量濒死幸存者口述),来阐述"人有灵魂"这个观点。我读得非常入迷,甚至又购入了几本同类型的书,其中还有一本讨论人死后世界的哲学书(这本书的作者最终用逻辑证明了灵魂不存在)。从我个人的观点,我是不可知论者。

　　但是我对这类事件非常好奇,于是脑中便闪现出了《濒死的女人》故事的雏形。

　　如果一个女人,她把半昏迷时零散的讯息认作濒死经历,结合她自身的生存经验,会有什么样的效果?侦探又如何从这些不能称之为线索的零碎信息中看出端倪？当时我非常兴奋，虽然在关联濒死经历和现实经历的时候很顺手，但到了具体如何推演出凶手这一段，让我犯了难。幸好，最后我解决了这个问题。

《缄默之綦》的写作初衷，是想挑战一下我朋友曾经提出过的一个谜题——侦探进入房间，稍作观察，立刻推理出凶手的身份。很遗憾，我这位朋友没能把他的作品完成，但我觉得想法真的不错，于是跃跃欲试。之后得知，日本早就有推理作家写过类似的小说，而且非常精彩。我也找来读了，拜服作者的想象力。

这种展现侦探"神性"和"脑洞"的作品非常有趣，各种不同的切入点也能带来不同的乐趣，我本人也很喜欢这篇作品。在这里要感谢一下陆烨华老师在小说结尾处所给的建议，让我完善了这部作品。

《绞首魔奇谭》改编自我过去一个短篇。不过曾经的作品中，在侦探推理死者是否自杀这段有个漏洞，经朋友提出后，我思索良久，打算重新润色。这部小说开头用了美国侦探小说作家埃勒里·奎因的名作《中国橘子之谜》的谜面，谋杀现场所有东西倒置，让侦探来探求凶手这么做的理由。

《维纳斯的丧钟》和《J的悲剧》也是我改稿过的作品。前者从未发表，在推理真相的过程中，有个逆转，希望大家喜欢；后者则是曾经在杂志上发表过的一个短篇，以一系列模仿名画的杀人场面为主题，在感官上冲击力比较大。起名《J的悲剧》也是为了致敬我最喜欢的美国作家奎因。至于为什么是J而不是其他字母，读者可以自行发挥想象。我在这里就不多做解释啦。

标题作《五行塔事件》可以说是本书的重头戏。

创作出一部如岛田庄司的《斜屋犯罪》或者二阶堂黎人的《恐怖的人狼城》这样，以建筑犯罪诡计为看点的推理小说，一直是我的梦想。我从很久以前就开始构想，可苦于没有合适且惊人的诡计，一直没有付之笔端。

　　大约是两年前，和友人一次聚餐。记得当时吃四川火锅，因为手指不小心被锅烫到，惨叫之余，脑中突然闪过一个想法，就是《五行塔事件》的主诡计。灵感闪现之后，立刻和几位推理作者开始讨论。特别是段北阳兄，对这个诡计赞不绝口，让原本担忧诡计可行性的我信心倍增。段北阳兄是德国达姆施塔特工业大学的建筑学硕士，现就职于法兰克福halbeturri建筑师事务所。本人既是推理作者，也是一名建筑师。所以在写作中关于建筑方面的问题，他给了我很多建议，并且为本书绘制了建筑图。

　　最后，要感谢本书的责任编辑王萌老师，认真地给出许多我未曾想过的建议，感谢新星出版社各位老师为这本书费心劳力，更要感谢每一位支持我的读者。

　　非常感谢！

二〇一六年十月二十六日

图书在版编目（CIP）数据

五行塔事件／时晨著.—北京：新星出版社，2017.7
ISBN 978-7-5133-2632-2

Ⅰ.①五… Ⅱ.①时… Ⅲ.①短篇小说-小说集-中国-当代 Ⅳ.① I247.7

中国版本图书馆 CIP 数据核字（2017）第 109930 号

五行塔事件

时晨 著

责任编辑：王 怡
特约编辑：王 萌
责任印制：李珊珊
封面绘图：Moeder Lin
装帧设计：@broussaille私制

出版发行：新星出版社
出 版 人：谢 刚
社　　址：北京市西城区车公庄大街丙3号楼　100044
网　　址：www.newstarpress.com
电　　话：010-88310888
传　　真：010-65270449
法律顾问：北京市大成律师事务所

读者服务：010-88310811　service@newstarpress.com
邮购地址：北京市西城区车公庄大街丙3号楼　100044

印　　刷：北京京都六环印刷厂
开　　本：910mm×1230mm　1/32
印　　张：8
字　　数：133千字
版　　次：2017年7月第一版　2017年7月第一次印刷
书　　号：ISBN 978-7-5133-2632-2
定　　价：35.00元

版权专有，侵权必究；如有质量问题，请与印刷厂联系调换。